아무튼, 비건

아무튼, 비건

김한민

위고

차례

남

이 책은 타자에 관한 책이다. 한 편의 시 같은, 철학자 레비나스의 말로 시작해보자.

　　참으로 사람다운 삶은
　　그냥 존재함의 차원에 만족하는 조용한 삶이
　아니다.
　　사람답게 사는 삶은
　　타자에 눈뜨고 거듭 깨어나는 삶이다.

　　진심으로 동의한다. 나도 나의 관심이 나에게서 타자로 옮겨갈 때 진짜 삶이 시작된다고 믿는다. 타자의 이야기가 내 이야기가 되는 순간 타자는 더 이상 타자가 아니며, 대신 우리라는 신기한 집합이 탄생한다.
　　타자는 내 앞에 나타난다. 불쑥, 끊임없이, 다양한 모습으로. 타자를 직면할 때 뇌는 판단을 한다. 저 미확인 물체, 혹시… 우리(편)인가? 우리 편이 아니면 뇌는 적극적으로 '타자화'한다. 그렇게 남으로 정리된 대상과 나는 영영 남남 사이가 되고, 다시 마주치면 이때 저장한 기억이 동원돼 판단 속도는 한결 빨라진다. 인간은 한번 타자화한 타자에 대해선 여간해서 재심사를 하지 않는다.

  유튜브에서 고기 먹기를 거부하는 아이들의 동영상을 본 적이 있는지? 없다면 한번 보시라. 귀여워서라도 볼 만한 가치가 있으니. 접시에 놓인 고깃덩이가 동화책에서 혹은 농장에서 본 귀여운 동물이란 걸 깨달은 아이들의 반응은 자못 신선하다. "어떻게 이걸 먹을 수 있어? 나 안 먹어! 엄마 나빠!" 이 아이들은 아직 동물을 타자화하지 않은 것이다.

  이 아이들이 크면 어떻게 될까? 성장하면서 타자화하는 법을 배울 것이다. 강아지는 우리 식구, 돼지는 먹는 남… 이렇게 깔끔하게 정리하는 법을. 본인이 스스로 할 수도 있지만 주위 사람들이 열심히 부추길 게 틀림없다. 우리 모두 그게 정상이라고 생각해왔다.

무서운 타자화

타자화란 뭘까? 나와 남, 우리와 남을 가르는 행위다. 내가 동일시하고 공감하는 우리와, 내가 멀리하고 싶은 남을 구분한 후, 남을 우리의 울타리 바깥으로 밀어내는 행위다. 그다음엔 담장을 한층 더 높이 친다. 그때부터 남의 일은 나와 무관해진다.

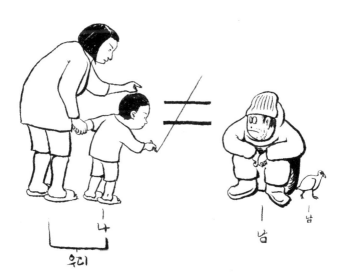

타자화에는 상향과 하향, 크게 두 종류가 있다.

상향의 타자화: 질투나 숭배를 할 때 한다.
이때의 남은 나와 근본부터 다르고, 이미 격차는
계급처럼 고정되어 있으므로 범접할 수 없다고
단정한다. 저렇게 대단한 남과 내가 본질적으로
다를 게 없다고 생각하면 괴로우므로 이렇게
정리해버린다. 예) 못난 나/잘난 남, 부모 잘못
만난 나/부모 잘 만난 남, 평범한 나/특출한 남

하향의 타자화: 무시와 배제를 할 때 한다.
가장 흔한 기법으로 '동물화'가 있다. 누군가를
짐승 취급할 때 가장 손쉽게 타자화할 수 있다.
예) 사람을 동물에 빗대어 비하하는 온갖 욕설,
유태인을 짐승으로 여긴 나치.

바로 이 '동물화'에 나는 주목한다. 전 세계 대
부분의 사회에서 노예가 사라진 이 시대에, 동물은
사회계층에서 가장 낮은 위치를 점유한다. 이런 생각
을 했다. 만약 최하층의 동물을 한 단계라도 승격시
켜 우리의 윤리가 적용되는 테두리 안으로 포함시킨
다면, 동물화는 무용지물이 되지 않을까? 사람들이

동물을 소중히 다루는 게 보편화되어 '동물처럼 다룬다'는 말이 지금처럼 폭력을 상기시키는 대신 '배려하면서 친절하게 대한다'는 뜻으로 바뀌면 우리의 윤리 체계에도 질적인 변화가 일어나지 않을까? 이상적으로 들리겠지만 말의 뜻은 생각보다 영향력이 크다.

어릴 때 받았던 문화 충격이 떠오른다. 나는 서울에서 태어났지만, 곧 부모를 따라 스리랑카와 덴마크에서 어린 시절을 보내고 초등학교 2학년 때 한국에 돌아왔다. 우리 반 교실 뒤편에는 공용 연필깎이가 하나 설치되어 있었다.

여러 아이들이 멋대로 이용하다 보니 곧잘 고장이 나곤 했다. 보다 못한 담임선생이 안내문 하나를 써 붙였다. "학급 물품을 내 것처럼 아끼자!" 이 문구를 보고 나는 충격을 받았는데, 그 이유는 이렇다. 그때까지 내가 외국에서 받은 교육에 의하면 그 문구는 응당 이렇게 쓰여 있어야 했다. "남의 것처럼 아끼자."

'내 것'이라면 다소 소홀히 해도 좋을지 모르지만, '남의 것' 혹은 '우리 것'이라면 더 조심하고 아껴야 한다, 어린 나에겐 이것이 상식이었다. 혹시 잘못 써진 건가 눈을 씻고 살펴봤지만 아니었다. 과장이 아니라, 이 일은 어린 나에게 코페르니쿠스적인 전회였고 앞으로 한국에서 살아가며 겪을 일들에 대한 경고 신호나 다름없었다. 지금도 누군가 '내 새끼'라는 말을 쓸 때마다 이 일화를 떠올린다. 우리 사회가 '남의 새끼'도 귀하게 대했다면 지금과 얼마나 달라졌을까 상상하면서.

가장 남 취급당하는 남

이 나라에서 남의 위치란 참 묘하다. 한국인은 어지간히도 남 눈치를 보고 남 신경을 쓴다. 그렇다고 남을 배려하는 사회냐 하면 그건 아니다. 여기에 뜻이 완전히 다른 두 개의 남이 존재한다. 전자의 남은 필요 이상으로 눈치도 보고 신경도 쓰고 과도하리만치 배려하는 존재다. 후자의 남은 마치 없는 거나 마찬가지이며 함부로 대해도 되는 존재다. 전자의 남은 '우리' 속에 포함되는 남으로, "우리가 남이가"라고 말할 때의 우리, 즉 가족, 친구, 회사 사람 등 어떤 방식으로든 이해관계의 사슬 안에 포함되는 남이다. 후자의 남은 테두리 밖에 남겨진 남이다. 길거리의 행인, (주로 저개발국가 출신) 외국인 등 나와 직접적인 관계가 없는 무리다. 전자의 남에게 오버해서 친절한 만큼, 후자의 남은 무례하게 하대한다.

어느 인류학자는 서양인은 목적 지향적이고 동양인은 관계 지향적이라고 했는데, 나는 이렇게 덧붙이고 싶다. 현대 한국인은 '이해관계 지향적'이라고. 잘해줘 봤자 즉각적인 이득이 돌아오지 않을 것으로 판단되는 남은 무성의하게 대해도 되는 분위기이다. 과거에 우리가 얼마나 인심이 좋았든 이것이 현재 우리의 자화상이며, 우리 사회가 이민자, 난민, 성소수자 등 소수자나 약자를 바라보는 평균적인 시선이라고 생각한다.

형편이 이러니 동물 '따위'야 남 중에서도 가장

뒷전으로 밀리는 건 어쩌면 당연한 결과다. 타자나 소수자 문제에 관해 제법 진보적인 견해를 가졌다는 이들도 동물 문제에는 무심하다. 동물은 심지어 남으로 치지도 않는다. 물건이나 고기일 뿐이다. 가장 타자화된 타자, 남 중의 남. 그래서인지 나는 수많은 타자 가운데서도 동물에 가장 마음이 간다.

연결감

타자화의 대척점에 연결이 있다. 연결감은 타고나는 것이다. 고기를 거부하는 어린아이의, 흐리지 않은 눈으로 보면 연결은 그냥 보인다. 강아지도 동물, 돼지도 똑같은 동물. 외국인 가사도우미도 사람, 우리 엄마도 같은 사람. 동물과 사람 모두 우리 가족. 아이들의 세계에선 낯섦과 익숙함의 구별은 있어도, 차별은 없다. 그러나 사회는 아이들에게 타자화를 가르치면서 타고난 연결감을 말살해버린다. 잘게 조각내 회복 불능으로 만든다. 그래서 모든 연결은 끊긴 연결의 회복에 다름 아니다. 한번 끊긴 연결을 회복하기란 어려운 일이지만 불가능하지만은 않다. 이제부터, 그 연결을 실천하는 사람들에 관해 얘기하려고 한다.

비건이란

단순 채식주의자가 아니다. 비건은 동물로 만든 제품의 소비를 거부하는 사람이자 사회운동이다. 고기는 물론, 치즈나 우유 같은 유제품, 달걀, 생선도 먹지 않으며, 음식 이외에도 가죽, 모피, 양모, 악어가죽, 상아 같은 제품도 사지 않는다. 좀 더 엄격하게는 꿀처럼 직접적인 동물성 제품은 아니지만 동물을 착취해서 얻은 제품도 거부하며, 같은 의미에서 돌고래쇼 같은 착취 상품도 거부한다. 하지만 이중에서 가장 큰 비율을 차지하는 게 음식이니, 엄격한 채식이라고 알고 있어도 완전히 틀린 말은 아니다.

당신도 연결되었나요?

우리는 동물에 대해 생각하지 않는다. 개나 고양이를 키우지 않는 평균 한국인이 하루 평균 동물에 대해 생각하는 시간을 조사해보면 아마 1~5초쯤 될 것이다. 길거리의 비둘기가 '더러워서' 피할 때나 모기를 잡을 때 정도? 그러나 단 하루라도 동물에게 의존하지 않고 살아가는 사람은 한 명도 없다. 우리에게 동물은 물과 공기 같은 존재인 것이다. 없이 살 순 없지만,

너무 당연해서 생각도 안 해보게 되는.

　　그런데 물, 공기와는 달리 동물에겐 의식이 있다. 감정도 있다. 그래서 우린 물과 공기를 괴롭힐 순 없지만, 동물에겐 고통을 줄 수 있다. 그것도 아주 많이 줄 수 있다. 현대 인류가 동물을 어떤 식으로 괴롭히는지 적나라하게 알려주는 학교가 있다. 내가 21세기 최고의 무료 종합대학이라고 부르는 곳, 다름 아닌 유튜브이다. 그곳엔 우리가 동물을 어떻게 타자화해 다루고 있는지 보여주는 영상들이 즐비하다. 나는 이 대학에서 최소한 동물 관련 과목은 '이수'했다고 할 정도로 많이 챙겨 봤다.

　　감동이나 충격을 주는 영상 아래에는 댓글들이 줄줄이 달린다. "이 영상 보고 저도 얼마 전부터 비건이 됐어요." 그러면 꼭 응원성 댓글이 이어지며 초심자를 격려하는 훈훈한 분위기가 형성되고 유용한 정보도 주고받는다. 그중에서 인상적인 문구가 있다. "Are you connected, too?" 상당히 자주 봤다. 영화 〈아바타〉에서 커다란 생명의 나무를 중심으로 온 부족 사람들이 연결된 낭만적인 장면이 떠오르는 말이다. 그리고 이 표현은 적절하다. 비건의 핵심은 거부가 아니라 연결에 있다. 비건이 되는 것은 산업과, 국가와, 영혼 없는 전문가들이 단절시킨 풍부한 관계성

을, 어린아이였을 때 누구나 갖고 있던 직관적 연결
고리를, 시민들이 스스로의 깨우침과 힘으로 회복하
는 하나의 사회운동이다.

도살장에서 구출한 소들에게 안식처를 제공하
는 동물 쉼터(animal sanctuary)를 운영하는 한 미국
비건의 인터뷰. 그는 방문객들에게 소를 한 번씩 만
져보도록 유도한다고 한다. 그동안 수없이 많은 소를
먹어봤지만 만져본 것은 처음이었던 자신의 체험을
회고하며, 그는 처음으로 소의 넉넉한 등판에 빰과
귀를 갖다 대고 두 팔로 안아본 순간을 지금도 잊지
못한다고 말한다. 이렇게 따뜻하고 착한 생물체에게
지금까지 가했던 온갖 고통이 주마등처럼 떠올라 자
기도 모르게 입에서 "너무 미안하구나…"라는 말이
나왔다고 한다. 이 이야기를 들으며 코끝이 시큰해졌
다. 지구 반대편에 있는 이 사람과, 그 소, 아니 모든
소들과, 이것을 보고 나처럼 마음이 움직일 모든 사
람들과의 연결감이 느껴졌다.

동물이 나에게로 왔다

세상 누구나처럼, 나도 아주 어릴 때 동물을 타자화
해버렸다. 그림책과 상상 속에선 동물을 좋아했지만,

내 일상과 연결하진 못했다. 그러다 계기가 생겼다.

2008년에 쓴 『혜성을 닮은 방』이란 책에서, 나는 이상한 이론을 몇 개 만들어냈는데 그중 하나가 'M. C.(Media Curriculum, 매체 커리큘럼)'였다. 우리는 살면서 수없이 많은 매체들을 접하는데, 가끔은 그 매체들이 자꾸 신호를 보내오는 듯한 묘한 느낌이 들 때가 있다. 가령, '페소아'라는 정체불명의 시인이 있다고 치자.

FERNANDO PESSOA

우연히 본 신문 기사에, 서점에서 스쳐 지나가며 본 책 제목에, 버스에서 들리는 라디오 방송 책 소개 프로그램에, 자꾸만 '페소아'라는 말이 반복해서 들린다. 처음엔 우연이라 생각했는데 어느 시점부터는 내가 무의식적으로 찾는 건지, 진짜 우연인지도 분간이 안 간다. 계속 어른거린다는 사실만 분명해진다. 그저 호기심에 이 신호를 따라, 마치 헨젤과 그레텔이 뿌려놓은 과자 부스러기를 줍듯 거슬러 올라가보면, 그 과정에서 뜻하지 않은 것들을 배우게 되고 내 인생에 정말 필요했던 지혜의 한 조각을 얻게 된다. 문득 이 모든 과정을 되돌아봤을 때 마치 누군가 나의 배움을 위해 짜준 커리큘럼이 존재한 것 같다는 착각에 사로잡힌다…. 이게 간략히 설명한 M. C. 이론이다.

나의 M. C. 중 하나는 동물이었다. 언젠가부터 자꾸 동물들이 내 앞에 어른거렸다. 여기에서 반짝, 저기에서 반짝, 한번은 쓰레기통에서 부스럭거리는 강아지로, 한번은 로드킬로 죽어가는 고슴도치로, 한번은 길거리에 기절해 드러누운 박새로, 한번은 횡단보도에 버려진 거북이로… 불쑥불쑥, 예고도 없이 나타났다.

어쩌면 '걸리적거렸다'는 표현이 맞겠다. 때로는 도저히 그냥 지나칠 수 없어 거두어 묻어주거나 보살펴주기도 했지만, 많은 경우 부담이 되기도 했기 때문이다. 한 생명에 대해 책임감을 발휘하는 일이 어디 쉬운가? 무엇보다도, 자꾸 동물들과 마주치다 보니 어느 날부터 내가 아무 생각 없이 먹고 있던 음식이 생명으로 보이기 시작한 게 문제였다. 당시에 나는 개를 한 마리 키우고 있었는데, 내가 이 동물에게 주는 음식도 동물이잖아, 라는 생각이 들었다. 그럼 사료가 되는 동물의 운명은 뭐지?

제법 견고하게 타자화해놓은 줄 알았던 생각에 작은 균열이 갔지만, 무시했다. 외면은 어렵진 않았다. 누구나 하니까. 근데 마음 한편에 여전히 께름칙하게 남았다. 그러다 그렇게 덮어둔 찜찜함이 외부로 터져 나온 날이 왔으니, 바로 2010년의 돼지 생매장(살처분) 사건이다. 적지 않은 한국인들이 이 사건으로 어떤 환멸을 느끼고 나처럼 타자화에 실패했던 것 같다. 사실 가슴이 살아 있는 사람이라면 그럴 수밖에 없지 않을까. 그 지옥 같은 광경을 보고도 아무 느낌이 없다면, 솔직히 문제가 있는, 적어도 만나서 차 한잔하고 싶지는 않은 사람이다.

나의 충격은 시각적이지 않았다. 그것은 어느

공무원이 인터넷에 올린 글 한 편에서 비롯됐다. 그는 살처분을 맡은 보건 담당 직원이었다. 하루 종일 돼지를 땅에 파묻고 꿀꿀한 기분으로 당직을 서야 했던 그는, 새벽에 이상한 소리를 듣고 깬다. 나가보니, 낮에 산 채로 묻힌 수천 마리 돼지 중 두세 마리가 밤새 사력을 다해 땅을 파서 거의 지면에 도달하려던 차였다. 이를 발견한 현장 감독관의 지시로, 이 공무원은 삽을 들어 돼지들의 두개골을 후려쳐 다시 땅에 묻어버린다. 그저 살고 싶어 지푸라기라도 붙잡으려는 생명을 무참히 짓밟고 난 후 형언할 수 없는 자괴감이 들었던 그는, 이건 도저히 사람이 할 짓이 아니며, 더 이상 못 해먹겠다고 털어놓았다.

영혼이 살아 있던 그 젊은 공무원은 그 후에 무엇을 관뒀을까? 일을? 돼지고기를? 아니면 그냥 하루 이틀 뒤에 아무 일 없었다는 듯이 일상에 편입됐을까? 적어도 나는, 그 글을 읽은 이상 아무 일 없었다는 듯이 살 수 없었다. 이 미친 짓에 더는 동참하기 싫었다. 돼지고기 따위 다신 입에 대지도 않겠다고 결심했다. 그런데 그렇게 굳게 먹은 마음이 꾸준히 유지되고, 또 다른 동물들에게로 확대되는 데까지는 생각보다 오랜 시간이 걸렸다. 왜 그랬을까? 그때는 그저 "불쌍하다", "이건 아니다"라는 동정심뿐이었던 것 같다. 물론 감정과 공감 능력은 굉장히 소중하지만, 무엇이든 오래가려면 철학, 논리, 정보, 과학으로 잘 뒷받침돼야 하는 법이다. 이 작은 책이 이것들을 조금이라도 제공할 수 있기를 바란다.

진실

세븐

이야기는 간단하다. 나는 어느 날 무언가를 보았고, 알게 되었고, 이래서는 안 되겠다 싶어서 변화를 시도했다. 시도의 결과는 좋았고, 시간이 갈수록 더 좋았고, 그러다 보니 이제 다른 사람들과 나누고 싶어졌다. 이게 다다.

　내가 보고 알게 된 그것은 무엇일까? 이 말을 쓰자니 너무 크고 거창한 말이라 주저하게 되지만, 아무래도 이 말이 아니면 안 되겠다. 거창하다고 무조건 피해갈 일도 아니다. 그렇다, 내가 본 것은 진실이다. 어떤 진실인가? 동물성 식품에 관한 진실이다. 육류와 유제품의 생산과 소비 때문에 어떤 일이 일어나는지, 일곱 가지 대표적인 악 혹은 진실을 추려봤다.

　· 잔인함: 눈 뜨고 못 볼 잔인한 동물 학대가
일상적으로 일어난다.
　· 오염: 물과 토양이 심각하게 오염된다.
　· 온실가스: 지구 온난화에 크게 기여한다.
　· 훼손: 숲과 밀림을 무참히 파괴한다.
　· 리스크: 발암물질 등 위험 요소가 인체에
유입된다.

· 병: 건강에 심각한 악영향을 끼친다.
· 양심 마비: 대량 살처분이 일상화되었다.

하나씩 간단히만 훑어보자.

잔인함

공장식 축산업에서 동물들의 삶은 삶이 아니다. 몸을
제대로 움직이지도 못하는 밀집사육으로 인해 엄청
난 스트레스를 받고, 관리자들이 동물을 학대하고 구
타하는 일은 비일비재하다. 문제는 개개인의 폭력성
보다 이 대량생산 체제 자체가 인간성을 말살시키도
록 설계되어 있다는 점이다. 열악한 환경에서 동물들
이 병에 걸릴 확률과 치사율은 높아진다. 이들을 살
려두는 것은 항생제 과다 투여뿐이다. 병든 동물들은
방치되거나 산 채로 쓰레기처럼 버려진다.

　유튜브에는 동물보호 활동가들이 잠입 취재하
여 폭로한 충격적인 영상들이 셀 수 없이 많다. 2017
년에 처음 상영된 영국 축산 농가를 배경으로 한 다큐
〈희망과 영광의 땅(The Land of Hope and Glory)〉
을 보면, 세계적으로 동물권이 가장 발달한 나라 중
하나인 영국에서조차 축산 동물들이 얼마나 학대당

하는지 적나라하게 드러난다. 한국은 아직까지 이런 정도의 고발 다큐는 없었는데, 『고기로 태어나서』 같은 몇몇 르포들로 보건대 상황이 더 심하다고 봐도 무방할 듯하다.

　도살업체들은 하나같이 '인도적 도살'을 한다고 주장한다. 꿈같은 얘기다. 단시간 내에 최소 비용으로 최대 이윤을 남기는 게 목적인 비즈니스의 세계에서 동물 한 마리를 죽이는 시간은 짧을수록, 비용은 적을수록 좋기 마련이다. 전기 충격이나 순간적인 고열 또는 가스로 죽이는 경우도 잔인하긴 매한가지이다. 살상 공정 이후에도 의식이 남아 있는 동물이 컨베이어벨트에 매달려 목에서 피를 철철 흘리는 일도 허다하다. 생각해보면 인도적인 도살이란 말 자체가 형용모순이다.

오염

육류 생산을 위한 물 소비량은 상상을 초월한다. 소고기 1킬로그램을 얻기 위해서 약 1만 5천 리터가 든다. 가축들이 배출하는 분뇨와 폐수는 하천과 토양을 오염시킨다. 퇴비로 쓴다지만, 필요한 퇴비량의 수배 이상을 쓰고도 남아돌 만큼 엄청난 양이라 처치 곤란이다. 그래서 해상 무단 투기도 여전히 불법적으로 이뤄진다. 한국은 분뇨 오염으로 인한 재앙이 발생할 위험이 세계에서 가장 높은 위험 지역 중 하나로, 특히 축산업이 집중된 경기, 충남, 전라도, 경상도 등 지방이 가장 우려된다. 축산업은 분뇨 처리 비용을 정부 보조금에 의존하고 있으니, 업계가 이윤 추구를 하면서 생기는 똥을 우리 세금으로 치우는 셈이다.

온실가스 배출

온실가스 배출이 지구 온난화의 가장 큰 요인이라는 것은 누구나 알지만, 여기에 축산업이 놀라울 정도로 많은 기여를 한다는 사실은 잘 모른다. 전체 배출량의 최소 18퍼센트 이상으로 추산하고 있는데, 비행기, 자동차, 기차, 선박 등 모든 교통수단을 합친 배출량(약 13퍼센트)보다도 많다. 그중에서도 소가 배출하는 가스가 가장 심각하고, 양과 돼지가 그 뒤를 잇는다. 메탄가스의 경우, 인간 활동에 의한 전체 배출량 중 축산업이 35퍼센트나 차지한다. 환경주의자라고 자처하면서 온실가스 발자국이 엄청난 적색육을 먹고 있다면 앞뒤가 맞지 않는 것이다.

훼손

우리는 산림 파괴에 둔감해지고 있다. 1~2초마다 축구장 넓이의 산림이, 해마다 이탈리아만 한 크기의 산림이 없어지고 있는데도 심각성을 깨닫지 못한다. 내셔널 지오그래픽은 현재 속도로 벌목이 지속되면 백 년 내로 지구의 열대우림이 사라질 것이라고 경고한다. 무엇 때문에 지구의 허파라고 부르는 이 소중한 열대림을 그토록 열심히 베는 걸까? 많은 부분이 소 목초지 및 가축 사료 재배를 위한 경작지 확보 때문이다. 가령, 가장 중요한 열대우림인 아마존에서 일어나는 산림 파괴의 약 91퍼센트가 육류 생산 때문이다. 우리가 햄버거를 먹지 않으면 일어나지 않을 일이다.

리스크

열악한 가축 사육 환경 때문에 창궐하는 병균을 억제하기 위해 항생제가 남용되고 있다. 미국 전체 항생제 판매량의 80퍼센트가 축산업에 쓰인다. 한국동물약품협회에 따르면 한국에서는 페니실린, 테트라사이클린, 아목시실린 등 가축 항생제의 사용량이 매년 백 퍼센트씩 증가했다. 이 항생제는 사람에게도 전달 된다. 뿐만 아니라, 가공육에는 발색제, 산화방지제, 조미제, 보존제, 착색제, 착향제, 강화제, 품질개량제 등 각종 화학물질들이 첨가된다. 이러한 식품 첨가물 은 인체 내의 생화학 반응을 교란하거나 세포에 손상 을 입히기도 하며 발암세포를 만들기도 한다. 또한 해독과 배설이 되더라도 그 과정에서 인체의 많은 영 양소를 소모한다. 육류에 들어 있는 벤조피렌이라는 발암물질은 가공하거나 조리를 하면 더 증가한다. 숯 불고기 1킬로그램에는 벤조피렌이 담배 6백 개비 분 량만큼, 돼지고기 한 점에는 다이옥신이 담배 1갑 분 량만큼 나온다. 벤조피렌은 강력한 발암물질로 햄, 소시지 등의 가공육에 많이 함유되어 있다.

병

많은 이들이 '육식=단백질=힘=건강'이라는 미신 을 철석같이 믿는다. 덕분에 한국은 고열량 육류 섭 취 습관과 관련이 높은 대장암 발병률 세계 1위를 기 록했다. 심장질환, 중풍, 제2형 당뇨, 관절염, 골다공 증, 암 등 육류와 관련이 높은 각종 성인병들은 한국 인의 사망 원인 중에 수위를 차지한다. 육류 섭취로 인한 잉여 단백질은 신장을 혹사하고 뼈에도 손상을 주며, 지방질은 인체 조직에 저장되어 당뇨의 원인이 되는 인슐린 저항성으로 변하고, 콜레스테롤은 동맥에 쌓여 혈관질환의 원인이 된다. 2015년에 국제보건기구(WHO) 산하 국제암연구소(IARC)는 소시지, 햄 같은 가공육을 1급 발암물질로 분류했다.

양심 마비

처음 살처분이 일어났을 때엔 감정이 무딘 사람들도 "이건 아니다"라며 고개를 저었다. 사회 각계에서 대책을 요구하는 목소리도 나왔다. 그러나 달라진 건 없다. 2011년부터 2017년까지 조류인플루엔자(AI) 등 가축전염병으로 살처분한 동물은 무려 7천만 마리, 소모된 비용은 2조 1917억 원(연평균 약 3천억 원)이었다. 어쩌다 일어나는 사고가 아니라 시스템의 일부가 된 것이다. 한마디로 지옥이 일상이 되었다. 이것을 자동차산업에 빗대어 보면, '리콜' 비율이 이렇게 높은 엉터리 산업이 지탱할 수 있는 이유는 정부 보조금 때문이다. 집단 폐사 사태가 일어나도 보상금이 제공된다.

문제는 더 많지만 이 정도로 하겠다. 이 7대 악이 일어나는 근본 이유는 한 가지이다. 우리의 세 치 혀, 그리고 그것과 관련된 습관 때문이다. 고작 그거다. 그래서 더 기가 막히다. 구글과 유튜브가 아니었다면 나 역시 서른 후반이 되도록 이 진실들을 모른 채 살아갔을 것이다.

가장 중요한 진실

아무리 문제가 많다고 해도 나의 생존을 위해 정말 어쩔 도리가 없다면, 이기적인 발상이지만 나 또한 변화를 기피했을지도 모른다. 바로 이 점에서 가장 큰 진실이 가장 큰 거짓말에 가려져 있었다. 즉, 인간은 건강하기 위해 육류와 유제품을 꼭 필요로 한다는 거짓말이 그것이다. 축산업계와 낙농업계, 의사와 영양학자 그리고 이들을 맹목적으로 신뢰하는 수많은 일반인들이 이 거짓말을 열심히 유포했다. 그 때문에 동물성 제품 없이도 얼마든지 건강하게, 아니 오히려 더 건강하게 잘 살 수 있다는 진실은 숨겨졌다. 조금만 더 일찍 알았다면 진작 끊었을 텐데, 분하다는 생각까지 든다.

위에서 열거한 일곱 개의 문제는 부분적으로라

도 들어봤을 것이다. 적어도 건강에 조금만 관심이 있으면 육류와 유제품에 문제가 있다는 사실을 모르지는 않으리라. 문제는 항상 똑같은 결론들이었다. 의사, 영양학자, 언론 모두 한목소리로 처방을 내린다. "줄여라. 너무 과한 게 문제지 적당히 먹으면 괜찮다. 육식과 유제품, 달걀은 건강상 반드시 필요하다…" 얼마나 듣기 좋고 편한 결론인가! 그러나 진실을 알고 나면 정말이지 모호하고, 부정확하고, 무책임한 말이다.

반면 그들은 채식에 대해서는 대체로 회의적이다. 특히 채식만 하는 건 건강에 해롭다고 생각하는 이들이 아직도 많다. 다행히 나는 다시 한 번 인터넷에 힘입어 기업이나 언론, 어용 전문가들이 알려주지 않는 진짜 정보들을 접할 수 있었다.

한쪽은 이해관계가 걸린 거대 기업들, 로비스트들, 지원비를 받은 연구진들, 일류 광고회사들, 개런티를 챙긴 연예인들이 과거의 근거를 가지고 주장한다. 다른 한쪽은 이해관계라고는 자기와 주변인의 건강밖에 없는 시민들, 자원봉사 활동가들, 한 줌의 독립적인 전문가들(의사, 영양학자 등)이 최신 근거를 가지고 주장한다. 당신은 어느 쪽에 귀 기울이겠는가? 나는 육류와 유제품은 백해무익하며 비건으로도 충분히 건강하게, 아니 더 건강하게 살 수 있다는 주장이 훨씬 더 설득력 있다고 판단했고 지금, 나의 건강한 삶부터가 내 선택이 틀리지 않았음을 증명하고 있다.

아름다운 건강, 추한 건강

"왜 비건을 하게 되셨나요?"

어느 나라에서 이 질문으로 설문조사를 해봤다 (한국은 이런 설문조사를 하기엔 모집단이 너무 작다). 흔히들 비건이 되는 세 가지 이유로 동물, 환경, 건강 문제를 꼽는데, 흥미롭게도 이 세 가지 이유 중 동물 때문에 비건이 되었다는 응답자가 가장 많았다. 건강과 환경이 그 뒤를 이었다. 만약 내게 물어봤다면 이렇게 답했을 것 같다. 나도 동물이 매우 중요하긴 하지만, 비건은 결국 건강의 문제라고 말이다.

극심하게 고통받다가 처참하게 죽은 생명의 몸뚱이를 매일 입에 넣는 것. 그게 영혼을 건강하게 해줄 리 만무하다. 육식이 자연과 몸의 건강에 어떤 영향을 주는지는 이미 충분히 설명했다. 고로, 동물 문제는 영혼의 건강, 환경 문제는 자연의 건강, 건강 문제는 신체의 건강이라고 할 수 있겠다.

'건강하다'는 말을 나는 참 좋아한다. 건강함을 미덕 중에 으뜸으로 치고, 사람도 건강한 사람이 가장 매력 있다. 사람을 볼 때 그 사람이 건강한 사람인지 아닌지를 유심히 본다. 하지만 건강에도 여러 가지 종류가 있다. 몸의 건강은 그중 일부분일 뿐, 건강의 뜻은 훨씬 넓다. 신체는 건강해도 전혀 건강하게 느껴지지 않는 사람도 많다. 헬스장에는 그런 사람이 많다. 건강은 생각보다 복잡하고 섬세한 개념이다. 혼동하면 안 된다. 건강함과 건전함은 다르다. 건강하지만 건전하지 않을 수 있으며, 그 역도 마찬가지이다.

참 싫은 건강도 있다. 가령, 맹목적인 건강이 대표적으로 싫다. 오직 건강만을 지상 목표로 삼아, 그에 벗어나는 일체의 행동을 두려워하는 결벽증적인 건강 추구는 질색이다. 한마디로 불건강한 건강이다. 내 몸, 내 건강만 챙기는 이기적인 건강도 비슷하다. 몸에 좋다면 남은 얼마든지 희생당해도 좋고, 주위가 어떻게 되든 아무래도 좋다는 태도가 어찌 건강일 수 있을까. 이것도 굳이 건강이라면, 나는 '추한 건강'이라고 부르겠다.

그렇다. 건강도 당연히 미적인 면을 고려해야
한다. 여기서 아름다움은 몸과 마음, 자아와 타자, 나
와 환경… 균형의 문제이다. 균형을 잃고 추구하는
건강은 빈축을 사며, 그래도 싸다.

건강 자체가 목적이 될 순 없다. 건강은 더 나은
삶을 살고, 더 나은 인간이 되기 위한 수단이다(물론
아플 때는 얘기가 다르겠지만). 그런데 건강을 궁극
적 목적으로 추구하다 보면 점점 소극적이고 이기적
이고 보수적인 태도로 살게 되며, 역설적으로 건강을
잃기도 한다. 그래서 나는 이렇게 결론을 내렸다. 건
강은 반드시 종합적이고 확장된 의미의 건강이어야
한다고.

나는 비건이라는 개념이 나의 몸과 영혼, 자연의 건강 모두를 아우른다는 걸 알게 되었다. 한 가지래도 좋을 판에, 저 세 가지를 동시에 해결할 수 있다니 더 주저할 이유가 없었다. 그런데 정신이 번쩍 드는 진실을 알게 되면서, 동시에 불편한 진실도 깨닫게 되었다. 사람들은 진실을 알게 되어도 여간해선 변하지 않는다는 진실이 그것이다.

유리 효과

비틀스의 폴 매카트니는 이렇게 말했다.

> 도살장이 유리로 되어 있었다면, 모든 사람들은 채식주의자가 되었을 것이다.

과연, 매카트니의 말대로 됐다. 도살장의 벽들은 유리로 바뀌었다. 다만 조금 다른 유리로. 인터넷이 발명된 거다. 이제 검색어 한마디, 클릭 한 번으로 너무나 간단하게 도살장 안에서 소, 돼지, 닭, 오리, 양들이 어떤 고통을 당하는지 쉽고 생생하게 볼 수 있게 되었다.

그러나 매카트니의 예상은 틀렸다. 도살장의 네

벽면이 유리처럼 투명해졌는데도, 사람들은 채식주의자가 되지 않았다. 아니, 엄밀히 말하면 완전히 틀리진 않았다. 그의 조국 영국을 시작으로 독일, 미국, 네덜란드, 스웨덴, 호주, 이스라엘 등에서는 젊은 세대를 중심으로 채식 열풍이 불기 시작했다. 하지만 내가 속한 세계, 한국에서는 이런 변화가 좀처럼 느껴지지 않는다. 특히 채식을 직접 실천하며 살아보면 여전히 현실은 절대적으로, 압도적으로 육식 편향이다.

의아한 일이 아닌가. 여긴 세계 그 어느 곳보다 변화가 빠르고, 유행에 민감하며, 국제적인 트렌드에 촉각을 곤두세우는 곳이 아닌가. 왜 유독 동물권이나 채식이라는 트렌드에서는 눈에 띄게 뒤처져 있을까? 보신탕 문제만 해도 그렇다. 착각하는 사람이 많다. "요즘 누가 먹냐, 놔두면 없어질 사양 산업이다…." 모르시는 말씀. 개고기 업자에 따르면 매년 약 250~300만 마리의 개, 약 3억 그릇의 보신탕이 한국인의 배 속으로 들어간다. 한마디로 미래성 있는 사업이라는 것이다.

얼마 전 설문 결과도 이를 뒷받침해준다. 2008년에는 개고기 반대가 27퍼센트, 2018년에 39퍼센트다. 10년 동안 고작 10퍼센트 늘어난 셈이다. 동물단체들이 각고의 노력을 기울였는데도 아직은 개고기

찬성 여론이 과반수 이상이다. 놀라운 건 이십대(특히 남성)들이 개고기 금지에 가장 반대한다는 사실이다. 더 놀라운 것은 그들이 내세우는 논리가 너무나 천편일률적이라는 점이다. "소나 돼지는 동물 아니냐", "음식은 개인 선택이다", "업자들 생계는 어떡할 거냐"는 말만 반복/변주하는 걸 관찰할 수 있다.

경험상 이런 반응들에는 논리적으로 답변해 봤자 벽에다 대고 얘기하는 것과 마찬가지였다. 그들이 정말 비건들처럼 개와 소, 돼지, 닭을 평등하게 보기 때문에 저럴까? 그들이 낙태 이슈나 동성 결혼 합법화에도 개인 선택 존중을 위해 저렇게 분연히 일어설까? 그들이 보신탕 업자들을 진심으로 염려해서 저럴까? 진짜 문제는 다른 데 있다는 생각이 든다. 심증이지만, 이들은 동물뿐만 아니라 페미니즘, 성소수자, 난민 이슈 등에 공통적으로 분노나 혐오를 곁들인 보수적 견해를 피력하는 층이라 예상한다. 이 기이한 현상을 설명할 길이 없어 고민하는 나에게 친구가 실마리를 던져주었다. 역시 친구는 잘 두고 볼 일이다.

우리 모두의 종교

"넌 한국 사람들이 뭘 믿는다고 생각해?"

미처 생각해본 적 없는 질문에 머뭇거리는데, 친구는 이미 멋진 답을 준비해두고 있었다.

"우리가 믿는 건 신도 아니고, 국가도 아니고, 가족, 친구, 학벌, 돈, 부동산, 성공도 아냐. 이 모든 것보다 더 근본적이고 광범위하게 퍼져 있는 건 '세상은 안 변한다'는 믿음이야. 어차피 나 혼자 애쓴다고 변하는 건 없으니 남들 따라 편하게 적당히 즐기다 가자는 주의, 복잡하고 골치 아픈 사회문제는 나에게 직접적으로 피해를 주지 않는 한 최대한 외면하는 태도, 뭔가 바꿔보려는 사람에게 '네가 얼마나 잘났길래'라며 멸시하는 반응, 모두 우리 사회에 깊이 뿌리 내린 이 믿음에 기반하는 거야…."

들으면 들을수록 신통한 해석이었다. 물론, '안 변해'교 신도들이 모두 염세주의자라는 말은 아니었다. 그들도 어떤 종류의 변화는 믿는다. 좋은 대학을 가면 성공한다는 믿음, 잘만 하면 정권을 바꿀 수도 있다는 믿음, 수술로 외모를 고치면 삶의 질이 나아진다는 믿음, 축구 대표팀이 상위 랭킹의 팀을 꺾을 수 있다는 믿음, 운이 억세게 좋으면 로또를 맞을 확률이 있다는 믿음은 존재한다. 그러나 누군가 내 생활에 영향을 미치는 근본적인 변화를 진지하게 거론하기 시작하면, 깊은 회의와 적의를 숨김없이 드러낸다. 가령, 비건처럼 인간-동물 관계를 재정립하려면 근본적인 변화가 요구되고, 그 변화는 윤리적으로 아픈 곳을 건드리기도 한다. 그러니 곧바로 거부감을 표출하는 것이다. 겉으로 상당히 진보적인 줄 알았던 사람조차 한순간에 극보수로 변모해 기어코 저 레퍼토리, '안 변해'교 신자들이 가장 즐겨 쓰는 말들을 내뱉는다.

"참 피곤하게 사네."
"너 혼자 그런다고 변해?"
"세상은 하루아침에 변하지 않아."

누군가는 말했다. 우리는 자본주의의 온갖 문제점을 알지만 그 시스템에 너무 젖어 있어서, 지구의 멸망은 상상할 수 있어도 자본주의의 멸망은 상상하지 못한다고. 상상력이 부족하면 변화에 회의적으로 반응하는 건 당연하다. 그런데 역설적으로 하루아침에 변하지 않는다는 사람들이, 세상이 하루아침에 변할까 봐 가장 두려운 듯하다. 그들은 종종 비건들에게 따져 묻는다. "모두가 비건이 되면 그 많은 가축들은 어쩌냐, 일대 혼란이 일어날 거다. 축산업계 종사자들의 생계는 어쩔 셈이냐?" 당치도 않은 걱정들이다(그래도 141쪽에 답을 했다). 그들은 그저 문제를 직면하기 싫은 거다. 남과 후세대는 아무래도 좋고 나만 편하게 살다 가면 그만인 거다. 그래서 변화를 거부하고 변하려는 사람까지 멸시하는 것이다.

변화를 믿는 사람들

반면, 문제를 외면하지 않고 근본적인 변화를 받아들여 일상에서 실천하는 이들도 있다. 그것도 생각보다 많은 이들이. 아직 한국에는 적지만, 전 세계에서 무서운 속도로 증가하고 있다. 대체 어떤 인간들일까? 변화를 위해 몸을 던지는 활동가 유형도 있겠지만 이들은 극소수다. 어떤 문제를 자각했을 때 "최소한 나라도 저 문제에 기여하고 싶지 않아"라고 생각하는 사람들이 대부분이다. 다소 소심하게나마 변화를 믿는 사람들. 내가 매일 세 번 밥상에서, 식당에서, 마트에서 던지는 한 표 한 표가 세상에 영향을 미친다는 걸 아는, 그래서 최소한 내가 악이라고 생각하는 것에 공헌하는 습관만은 관두겠다고 결심한 사람들. 소중한 결심이지만, 그렇다고 엄청나게 힘든 일은 아니다. 가령 최근에 진행된 '미투 운동'에 빗대어 생각해 보자. 성범죄 문제를 해결하려면 아직도 수많은 장애물들이 남아 있다. 뿌리 깊은 성차별을 나 혼자 바꿔야 한다고 생각하면, 그 문제의 규모에 압도당해 아찔해지는 게 사실이다. 하지만, 나 한 명만이라도 성추행/성폭행을 하지 않는 건 상대적으로 매우 쉬운 일이다. 이것조차 못하겠다면 말이 안 된다.

한 개인이 가장 큰 파급 효과를 줄 수 있는 라이프스타일

『우리는 왜 개는 사랑하고 돼지는 먹고 소는 신을까』의 저자인 심리학자 멜라니 조이는 현재의 보이지 않는 지배 이데올로기로 '육식주의(carnism)'를 꼽았다. 이는 현재 한국에도 팽배하다. 비건에 도전해본 사람은 잘 알고 있다. 좌절스러운 경험도 적지 않고, 아무리 해도 이 거대한 물결을 거스를 수 없을 것 같은 무력함도 있다. 그러나 절망하긴 이르다.

사회의 지배적인 시각이 어떻게 형성되는가에 관한 흥미로운 연구가 있다. 처음에는 소수 의견으로 시작되는 생각이 점점 퍼지면서 사회 전체의 9퍼센트에 이른다고 치자. 이때까지도 이렇디 할 변화는 느껴지지 않는다. 그런데 10퍼센트라는 임계점에 도달하면, 그 의견은 어느새 주류 사회의 의견이 된다. 예를 들어, 동성 결혼 합법화에 대한 찬성 의견이 10퍼센트만 되어도, 그 생각은 사회에서 주류적인 생각 중 하나로 받아들여진다는 뜻이다.

이 이론을 알고서 해외 사례들을 보면 힘이 난다. 영국, 미국, 독일, 스웨덴, 이스라엘 등에서 이삼십대 젊은이들을 주축으로 주목할 만한 변화가 일어나고 있다. 영국의 경우에는 2016년 기준으로 지난 10년 동안 비건 인구가 360퍼센트 늘어났고 계속 증가 추세이다. 영국 인구의 절반이 '비건식 소비 패턴'을 보이고 있고, 영국 전역의 저녁 식사 넷 중 하나가 채식이라는 조사 결과도 나왔다. 독일에서 식음료 제품 열 개당 한 개가 비건 제품이라는 놀라운 통계에 이어, 급기야 유럽인의 50퍼센트가 육식의 문제점을 깨닫고 의식적으로 육류 섭취를 줄이고 있다는 설문 조사까지 나왔다. 급식에서 채식 메뉴를 의무화하는 학교들이 속속 등장하기 시작했고, 이제 유럽의 웬만한 레스토랑에선 채식 메뉴 한두 개는 어김없이 갖춰져 있다.

한국에서도 2016년에 '비건 페스티벌'이 처음 개최되어 현재까지 다섯 차례에 걸쳐 성공리에 치러졌는데 매년 참가 인원수가 폭발적으로 늘며 기록 갱신 중이다. 이제 하루에 1만 명이 넘는 방문객이 다녀

가는 이 페스티벌을 단 세 명의 여성 비건들이 시작했다. 불모지에 희망의 씨앗을 뿌린 존경스러운 개척자들이다. 여기에 비건 채널을 운영하는 유튜버, 비건 빵집을 차린 제빵사, 비건 아이스크림 개발자, 비건 식당을 연 요리사, 채식 의사와 영양사 등 아직은 소수지만, 이들이 있어 한국의 비건 운동에 대해 나는 비관적이지 않다. 이런 힘들이 모여 세상을 더 나은 방향으로 만들어갈 것이라 믿는다. 그들 아니 우리는 행동으로 증명할 것이다. 비건은 평범한 개인이 지구와 동물들, 그리고 우리 스스로를 가장 효과적이고 강력하게 도울 수 있는 운동이라는 사실을 말이다.

결심

얼굴 있는 생명이라도

나는 비건인가? 그렇다, 아주 자랑스럽게. 그런데 어쩌면 아닐 수도 있겠다. 완벽함이라는 잣대를 가져다 대면 아마 대략 96퍼센트쯤 비건일 것이다. 자의적인 의미에서 비건인 셈이다. 그렇다고 플렉시테리언(flexitarian, 어쩌다가 채식하는)이나 줄이기주의자(reducetarian, 육식을 줄이는), 비덩주의자(덩어리 고기는 안 먹는)는 아니다. 그렇게까지 융통성을 허용하지는 않는다. 또한 모피나 가죽, 동물 털을 거부하는 것도 음식 문제만큼 혹은 '그' 이상으로 중요하기에 현재 나와 있는 용어 중에선 비건이 내가 지향하는 바와 가장 가깝다. 한마디로 비건은 나의 목표이고, 나의 현재 스코어는 내가 도달하고 싶은 수준과는 거리가 있다. 나의 의지 문제도 있지만, 내가 사는 환경 탓도 있다.

지난 4년간 나는 유럽에 살았다. 그곳에서는 거의 완벽에 가깝게 비건을 할 수 있었다. 대학원생이자 프리랜서였기에 내 음식을 준비할 시간이 있었고 사회생활의 폭도 지금보나 좁게 유지할 수 있었다. 게다가 개인주의가 존중되는 사회 분위기 덕분에 특정 음식을 강요당하는 상황은 전혀 발생하지 않았다. 다행히 주변 사람들도 잘 이해해주었고 협조적이었다. 무엇보다 비건 식품을 찾기가 훨씬 쉬웠다. 조금만 찾아보면 좋은 비건 식당이 멀지 않은 곳에 있었고, 일반 식당들에도 최소한 비건 옵션이 하나씩은 있었다.

반면 한국은 비건 하기에 참 힘든 환경이다. 안타까운 일이다. 본래 한식은 세계 그 어느 나라 음식보다도 비건 친화적인 우수한 음식인데, 최근 몇십 년간 심각하게 변질되었다. 사회적으로도, 성숙한 개인주의가 발달되어 있지 않고 획일적인 조직 문화 때문에 쉽지 않다. 이 모든 것은 아직 비건이 너무 소수이기 때문에 발생하는 어려움이다. 수요가 많아지면 많은 문제가 자연스럽게 해결될 것이다. 어쨌든 주어진 현재 상황은 이상과 거리가 멀기에, 약간의 타협을 하면서 전진하는 수밖에 없다. 2018년 현재 내 개인적인 (음식에 관한) 비거니즘은 이렇게 표현할 수 있을 것 같다. "최소한 얼굴 있는 것은 먹지 않는다." 그래서 미안한 얘기지만 조개류에 대해서는 약간의 예외를 두고 있다. 적극적으로 찾아 먹지는 않지만, 정 옵션이 없는 경우에 좀 섞여 있으면 먹는 정도로 말이다. 얼굴이란 개념이 인간 중심주의적이라고 지적한다면 할 말은 없다. 어쨌든 아래와 같이 나만의 원칙을 세우고 최소한의 예외를 허용하고 있다.

· 너무 바쁜 경우, 옵션이 없는 경우에는
예외를 허용한다.

· 단, 예외라도 마지노선은 지킨다. 아무리
정신이 없어도 고깃집에 가거나 햄버거를 먹는
경우는 없다. 조개가 들어간 미역국, 달걀이
들어갔을지 모르는 빵, 유제품 드레싱이
섞였을지도 모르는 샐러드, 멸치 육수가 의심되는
국수, 굴소스가 들어간 채소 요리 정도가 예외의
최대치다.

· 옵션이 없는 경우란: (1)식당을 여러 군데
시도해봤는데 비건이 불가능할 경우 (2)직업
성격상 아프리카 같은 나라나, 채소가 부족한
황무지 같은 지역에 가는 경우. 이때는 부득이
타협을 한다. 가령 서아프리카의 무인도에
갔을 때는 함께 간 현지인 일행이 요리해준
바라쿠다(생선)를 먹었다. 이런 경우에도 같은
포유류는 도저히 못 먹겠더라.

· 음식이 남는 경우: 누군가 시킨 음식이 남았다면 쓰레기가 되는 것보다 잔반 처리가 낫다. 가장 큰 만행은 소중한 생명을 죽여놓고도 모자라 성의 없이 남겨놓고 쓰레기로 만드는 짓이다. 애초에 이런 일이 생기지 않도록 해야 하겠지만, 이미 발생한 일이라면 싸가서 누굴 주거나 싫어도 먹는 게 낫다고 본다.

· 김치의 경우: 집에서 먹는 건 젓갈을 넣지 않지만, 바깥에서는 선택권이 없으면 그냥 먹는다.

· 옷과 신발: 예전에 구입한 제품 중 비건 제품이 아닌 것들은 일부 처분했고, 일부는 닳을 때까지 쓰고 있다.

· 샴푸와 비누 등: 원칙적으로 동물 실험을 안 하는 브랜드를 쓰지만, 솔직히 바쁜 통에 일일이 확인하지 않고 산 다음 후회할 때가 종종 있다.

굳이 비건이라는 말을 고집하는 이유

내가 비건이란 말을 택한 이유는, 그것이 내 지향점과 가장 가까운 점도 있지만 지금 한국에선 '불완전한' 비건조차 너무 적어서이기도 하다. 내 주위엔 환경이나 동물 문제에 관심이 있다는 사람이 제법 있지만, 의식(衣食)에 있어서는 나만큼 실천하는 사람도 거의 없을 만큼 이 땅은 비건 황무지다. 대개 문제의 식에는 공감하지만 결국 베이컨, 초밥, 치즈나 편의 등에 무릎을 꿇는다. 형편이 이렇다 보니 나라도 안 하면 안 되겠다는 위기의식이 생긴 것 같다. 아마 내가 영국이나 스웨덴처럼 비건이 많은 나라에서 살았다면 비건이라는 말을 굳이 쓸 필요를 느끼지 못했을 것이다. 어서 한국에도 비건들이 많아져서 나 정도는 명함도 못 내미는 날이 왔으면 좋겠다.

자신을 규정짓는 것에 연연할 필요는 없지만, 규정을 모두 벗어던지는 방식이야말로 가장 쉬운 길이다. 좋게 보면 자유롭고 유연해 보일지 몰라도, 흔해빠진 무원칙의 편의주의이기도 하다. 나는 나름의 절도가 있는 사람에게 매력을 느낀다. 최소한으로 시키고자 하는 선이 있어야 때때로 나를 돌아보고 점검하는 것도 가능하다. 어쩌면 모든 윤리는 최소한의

윤리이다. 다시 말해 "적어도 ~는 하지 않겠어"라는
자세이다. 그 최소한이 점점 커지는 방향으로 살고
싶다.

그렇다고 비건이 나의 모든 생활을 잠식하는 강
령이 되도록 살 생각은 없다. 원칙과 도그마는 다르
다. 원칙은 가치관을 지키기 위한 도구로서의 기준이
고, 도그마는 개별 상황에 대한 검토와 수정을 불허
하는 아집이다. 적절한 선은 뭘까? 정답은 없지만 내
생각엔 최소한 90퍼센트 이상은 실천하고 있어야 비
건이라는 표현을 쓸 수 있고, 나머지 10퍼센트 이하
도 애매하거나 불가피한 것들이어야지, 아무리 1년에
한 번이라도 의식적으로 육류를 사 먹으면서 비건이
라고 말할 수는 없다. 요는 최선을 다하는 것. 나보다
철저하게 실천하는 사람을 존중하고 나의 융통성을
미화하지 않되, 타협을 할 때는 억지로 합리화하거나
찜찜함을 외면하지 않는 태도이다.

비건은 형용사

고통을 지각하는 생물을 죽이지 않고 살아가기란 불
가능하다. 제아무리 노력해도 산다는 것 자체가 이런
저런 방식으로 살상에 기여하는 일이다. 비건들이 의

존하는 농업도 간접적으로 동물들을 죽인다. 완벽한 비건은 없다는 생각으로 겸손하게 접근해야 한다.

　비건의 의미를 확장할 필요도 있다고 본다. 가령 비건들은 꿀도 먹지 않는데, 인간이 벌을 착취해서 얻은 식품이기 때문이다. 실제로 양봉에서도 대량 생산을 위해 비윤리적인 일들이 일어난다. 벌 떼의 이동을 막기 위해 여왕벌의 날개를 자르거나 죽이고, 꿀 수확 후 벌집에서 벌을 쫓아내려고 화학 방충제를 사용하거나 벌집을 통째로 태워버리는 등 벌을 이용만 하고 죽이는 경우도 많다. 그러나 어쨌든 따지고 보면 꿀은 직접적인 동물성 제품이라기보다 파생품이다. 이렇게 간접적인 제품까지 포함하면 경계는 점점 확대될 수밖에 없다. 예를 들어, 팜유는 어떨까? 팜유를 생산하는 과정에서 인도네시아 밀림이 파괴되면서 오랑우탄을 비롯하여 수많은 동물들이 서식지를 잃고 죽는다. 그렇다면 비건이 팜유를 먹는 것이 본래 취지에 맞을까? 이렇게 확장하다 보면 끝도 없어진다. 그래서 비건에게만 모든 부담을 지우고 완벽함을 요구하는 방향으로 가서는 진정한 변화를 이뤄낼 수 없다.

　한 비건 활동가이자 연구가는 주장한다. 완벽한 비건을 몇 명 만들려고 노력하는 것보다, 다수의 사람들을 더 '비건적'으로 만드는 것이 사회 전체로 봤을 때 훨씬 효과적이라고. 동물을 살리는 데도, 환경을 보호하는 데도, 공중 건강을 위해서도 말이다. 일단 비건-친화적인 사회가 되기만 하면, 실천하기가 점점 쉬워지면서 비건은 늘어날 수밖에 없다. 그래서 비건은 내게 정체성이나 명사이기 이전에 형용사이다. '비건적'인 작은 노력들에 대해서도 충분히 의미를 부여할 수 있어야, 비건은 소수자 운동을 넘어서서 정말로 소기의 목적을 달성할 수 있다.

타깃은 공장식 축산

그렇다면 소기의 목적이란 정확히 뭘까? 내가 비건을 하나의 시민 소비자운동으로 볼 때 겨냥하는 과녁은 공장식 축산에 초점이 맞춰져 있다. 동물에게 가장 냉담한 인간도 환경과 건강 문제를 무시할 수는 없고, 사회 구성원이라면 이를 무시할 권리도 없다. 고로 이 문제들의 원흉인 공장식 축산에 대해서만큼은 폭넓은 공감대를 형성하는 것이 가능하고, 이미 상당 부분 형성되어 있기도 하다. 가장 열렬한 육식주의자도 공장식 축산에는 문제가 있음을 인정한다.

프랑스에 체류할 때의 일이다. 어느 날 버스에

서 라디오를 듣고 있었다. 맥락은 기억이 나지 않지만, 인기 있는 라디오 쇼에서 연말을 맞아 한 해를 정리하며 돌아보는 내용이었던 것 같다. 한쪽으로 대강 흘려듣던 귀에 갑자기 진행자의 질문이 꽂혔다.

"그렇다면 우리 인류가 50년 후에 지금을 되돌아봤을 때, 인류 역사상 가장 끔찍한 일이라고 여길 일은 뭐라고 생각하십니까? 한마디로 21세기의 '홀로코스트'라고 부를 수 있는 게 있다면요?" 초대 손님은 대답했다. "제 생각에는 공장식 축산입니다. 즉, 인류가 공장식 축산에서 동물들을 다루는 방식 말입니다. 미래 인류가 돌아본다면 미친 짓이라고 생각할 겁니다." 버스를 내릴 때까지 경청해보니, 위의 발언을 한 초대 손님은 동물보호운동과는 전혀 무관한 학자였다. 그리고 얼마 후『호모 데우스』로 이름을 알린 작가 유발 하라리가 이미『가디언』지에 기고한 글을 우연히 읽게 되었다. 제목은 '공장식 축산은 인류 역사상 최악의 범죄 중 하나'였다.

하라리의 표현에 동의하느냐를 떠나서, 분명한 건 이 문제의 보편성이다. 그래서 내가 생각하는 비건 운동의 전략도 보편적이고 단순하다. 공장식 축산에 대한 수요를 없애거나 대폭 축소하기 위해 가능한 많은 사람의 힘, 즉 구매력을 결집하는 것이다. 목적을 이루기 위해선 때론 적극적인 투쟁도 필요하지만, 이 경우에는 다수의 사람을 적으로 만들어서 얻을 게 없다. 오히려 다수가 조금씩이라도 비건-친화적 생활방식을 도입하는 길이 가장 효과적이다.

채밍아웃

무슨 주의자가 되는 일은 생각보다 쉽다. 말로만 떠들어도 쉽게 탄로 나지 않는다. 마르크스주의자는 자본주의 사회 안에서 자본주의의 혜택을 한껏 받으면서 살아도 티가 안 난다. 페미니스트도 특별한 계기가 생기지 않으면 이 사람이 진짜인지 아닌지를 판가름하기 힘들다. 자칭 진보주의자이면서 삶은 지극히 보수적으로 사는 얼치기 좌파는 또 얼마나 많은가. 환경단체에서 일하는 자칭 환경주의자들도 손쉽게 합리화를 한다. 에너지 분야에서 일하는 사람은 거리낌 없이 일회용 컵에 커피를 마시고, 플라스틱 쓰레기를 다루는 사람은 공회전을 해도 좋다고 여긴다. 자기가 주장하는 이상에 걸맞은 실천을 하지 않아도 비판받지 않으며 빠져나갈 구멍들이 있다.

　비건은 그렇지 않다. 비건만큼 본인이 표방하는 것과 실천하는 것 사이의 간극이 좁은 주의자도 없다. 따라서 비건만큼 '커밍아웃'을 했을 때 실제 생활에 파급력이 큰 경우도 드물다. 최소한 하루에 세 번, 매끼마다 스스로 선택의 순간과 마주하기 때문이다. 직접 해보면 주위의 관심 혹은 '감시'가 부담스러울 정도로 늘어남을 체감할 것이다. 커밍아웃을 한 성소수자들도 매끼마다 성 정체성이 화제에 오르내리진 않는다. 최소한 성적 지향은 사적인 영역에 속한다는 암묵적인 합의라도 있다면, 음식은 누구든지 한마디 할 수 있는 영역으로 인식되어 있으며, 단체 식문화가 발달한 한국은 그 폐해가 더 심하다. 그래서 한국에서 비건을 하면 도 닦는 심정이 된다.

남성으로서 비건을 한다는 것은 여기에 한 차원을 추가한다. 여성이 비건을 하면 "살 빼려는 모양이군"이라고 제멋대로 해석해 넘어가주기라도 한다면, 남성은 그 의도 자체를 이해하지 못한다. 남성성을 의심받고, 무례하고 무지한 질문들에 끊임없이 시달려야 하며, 진심으로 걱정해주는 사람들을 안심시키기까지 해야 한다. 비건을 해보면 한 사회의 편견도를 측정하는 바로미터를 발견한 기분이 든다.

인생에서 가장 잘한 결심

이렇게 말하면 비건이 대단한 고행처럼 들릴 것 같다. 물론 한국에서는 아직 애로사항이 많은 게 사실이지만, 고통받는 동물들과 지구를 생각하면 대수롭지 않은 고생. 보람이 훨씬 크다. 내가 자연과 동물에게 해줄 수 있는 최소한의 보답이다.

비건은 무엇보다 스스로에게 가장 좋다. 병을 주는 쓰레기 음식을 먹지 않는 것이 희생일까? 비건들의 삶이 금욕적 희생으로만 점철됐다면 이미 예전에 폐기되었을 것이다. 나 역시 좋지 않았다면 이렇게 책을 쓰지도 않았을 것이다. 솔직히 말하자면, 나는 비건이 몸에 좋지 않더라도 시도했을 것 같긴 하다. 그만큼 내 소비 습관이 동물들과 지구에 야기하는 폐해가 컸고, 그걸 못 본 체할 수 없었다. 그런데 하다 보니 기대치 않게 몸까지 좋아졌다. 매년 치르던 병치레가 없어졌고, 빈혈 기운도 사라졌다. 군살이 빠지면서 몸이 가벼워졌고, 식사 후 졸음도 훨씬 줄고 에너지는 더 많아졌다. 7, 8층쯤은 늘 계단으로 다니고, 예전에는 몇 바퀴만 돌아도 숨이 차던 수영도 매일 거의 1킬로미터는 너끈히 해낸다. 특히 소화와 관련해서는 한 번도 탈이 난 적이 없다. 좀처럼 이

단어를 쓰지 않지만, 비건이 되어서 '행복하다'는 말까지 할 수 있다. 그 행복은 신체적인 차원을 넘어선다. 진실을 보고 깨닫고, 내가 추구하는 가치들과 나의 일상이 일치되어 거슬림 없이 살 수 있다는 것, 하루 세 끼에 죄의식이나 찜찜함이 없다는 것, 최소한 의식적/직접적으로는 타자의 고통에 기여하고 있지 않음을 아는 것, 음식에 진심으로 감사할 줄 알게 된 것. 이것들이 주는 매일의 보람과 기쁨, 깨끗한 느낌은 결코 작지 않다.

이렇게 장점이 많은 것을 안 하는 사람들에게 오히려 묻고 싶다. 대체 왜 안 하시느냐고. 지금까지는 시시한 대답밖에 듣지 못했다. 바빠서, 게을러서, 그냥, 맛있어서…. 유치원생 같은 일차원적인 얘기는 그만 듣고 싶다. 내가 이렇게 말하는 이유가 있다. 좀 더 일찍 알지 못해 안타깝기 때문이다. 왜 나에겐 서른이 넘도록 아무도 알려주지 않고, 아무도 권하지 않았던가? 내 주위에는 단 한 명도, 비건은커녕 채식주의자조차 없었고, 단 한 번도 내게 권한 사람이 없었다. 어떻게 생각하면 분할 정도다. 내가 이렇게 책을 써가면서까지 적극적으로 권하는 것도, 혹시나 나처럼 계기가 없어서 모르고 있는 사람이 어딘가 있을까 봐서이다.

비건은 시작보다 유지가 더 중요하다. 잠깐 해보고 그만두는 사람들은 감정적인 선택을 했을 가능성이 있다. 나도 시작은 동물들에 대한 공감이라는 감정적 측면이 컸지만, 비건 습관을 지켜가면서 충분한 시간을 두고 조목조목 논리적으로 따져보니 이게 보다 나은 선택임을 도저히 부정할 수 없었다. 그 논리적 탄탄함이 나로 하여금 비건을 계속하게 만드는 중요한 원동력이다. 이것을 나는 '진실의 편에 선 힘'이라고 표현한다.

나는 어떻게 외면의 천재에서
외면의 둔재가 되었나

나도 이 땅에 사는 누구나처럼 지극히 한국인스럽게 살았다. 정신없이 바쁘다는 이유로 아무렇게나, 마음 가는 대로, 손 가는 대로, 혀 가는 대로 허겁지겁 먹었다. 정신이 없는 상태란 사실 굉장히 위험한 것인데 우린 그 말을 너무 쉽게 사용한다. 그게 우리 사회의 집단적인 정신 상태를 반영한다.

건강한 삶에 필요한 시간과 여유? 다 사치스런 얘기였다. 내 먹을거리에 최소한의 신경을 쓰는 게 사치처럼 여겨지는 삶, 내 건강을 지켜줄 단 한 시간조차 확보할 수 없는 삶… 이 자체도 뭔가 잘못돼도 크게 잘못된 건데, 나도 다른 사람들처럼 어쩔 수 없다고 생각하고 넘겼다.

자연과의 교감도 전무했다. 동물과 자연을 좋아했지만 주로 상상의 세계에서였지, 현실에서는 단절되어 있었다. 나의 추상적인 감수성(아기 돼지 삼형제)과 구체적인 일상(돈가스)의 연결고리를 찾아볼 생각도 못했다. 혹은 외면했다.

사람은 정말 아파 봐야 하나 보다. 그때 아프지 않았다면 어땠을지, 10년도 더 된 일이지만 떠올릴 때마다 아찔하다. 과로, 스트레스, 고기나 기름진 음식 위주의 마구잡이 식습관, 인간관계 불화 등이 겹쳤다. 뻔한 이야기다. 몇 번 경고 신호가 왔으나 무시했고, 젊다 보니 대충 넘어가 운 좋게 그럭저럭 회복되어 곧 잊었다. 하지만 근본 원인이 달라지지 않았으니 문제가 해결될 리 없었다.

그날도 나는 내가 얼마나 안 좋은지도 몰랐다. 오랜만에 만난 사촌누나가 먼저 알아봤다. "너, 몸이 좀 안 좋아 보여. 내가 아는 분에게 꼭 진료 한번 받아봐." 내가 바쁘다는 핑계로 가지 않으리라는 걸 잘 알았던 사촌누나는 나에게 묻지도 않고 반강제로 어느 지압원에 내원 예약을 해버렸다. 지금 생각하면 참으로 고마운 은인 같은 분이다.

　지압원은 김포 공항 근처. 멀다고 툴툴거리면서 무거운 걸음을 했다. 지압사 선생이 가슴팍을 손가락으로 지그시 누른 것만으로도 통증을 느낄 정도로 온몸이 망가져 있었다. 비로소 얼마나 아팠는지 깨달았다. 돌아오는 지하철 안에서 눈을 감고 생각에 잠겼다. '지금부터 완전히 달라지지 않으면 다시는 기회가 오지 않을 수도 있어. 정말로 다시 태어나고 싶어….' 마음을 굳게 먹고 딱 한 가지 원칙을 세웠다. "앞으로는 귀찮음이 내 행동의 원인이 되게 하지 말자."

　그리고 당장 그날부터 바꿨다. 음식에 신경을 쓰기 시작했고, 엘리베이터 대신 계단을 이용했고, 장시간 앉아 있지 않았으며, 돌아갈 일이 생겨 더 걷게 되면 고맙게 생각했다. 일하다가 머리가 뜨거워져 판단이 흐려지면 즉시 모니터를 끄고 숨을 돌렸다. 표현이 이상하지만, 필사적으로 삶의 여유를 찾았다.

　먹는 것에도 주의를 기울였다. 지압사 선생의 권고대로 가능한 육류를 피했고, 채식 위주로 식단을 바꿨다. 왜 육류가 문제인지, 특히 우리가 육류를 즐기는 방식이 어떻게 문제인지에 관한 다양한 정보도 접했다. 남들처럼 나도 돈가스나 베이컨을 좋아했기에 처음에는 아쉬움도 있었지만, 하루빨리 병으로부터 완전히 자유롭고 싶은 마음이 더 컸다. 고기 따위 이제 아무래도 좋았다. 병의 감각이 어떤 것인지 체험했기에 다시는 그 나락으로 빠져들고 싶지 않았다. 고치기 힘든 습관이라도 고치고자 하는 절실함이 있었다.

아직도 기억나는 순간이 있다. 육류를 의식적으로 줄이다 보니 조금씩 미각이 바뀌는 경험을 하고는 있었지만, 여전히 가끔은 고기를 먹던 시기였다. 내 돈 주고 사 먹진 않았지만, 누군가 권하면 얻어먹는 정도였다. 그러던 어느 날 어머니께서 대형마트에서 사온 치킨의 포장을 뜯고 닭다리를 한 입 물었다. 그런데 갑자기, 그렇게 역겨울 수가 없었다. 그날부터 다시는 닭고기를 먹지 않았다.

곧이어 다른 사건, 발음조차 하고 싶지 않은 두 단어 '구제역'과 '살처분'이 일어난다. 앞서 얘기했듯이 그날 이후로 돼지고기를 피하게 되었다. 소고기는 맨 마지막으로 끊었다. 우연히 충청남도로 놀러갔다가 농장에서 소의 눈동자를 본 적이 있다. 송아지는 아니었고, 청년 소 정도 됐던 것 같다. 눈망울이 그렇게 맑을 수가 없었는데 나를 뚫어져라 응시했다. 자신을 생명으로 바라보는 인간을 처음 보는 것 같은 그 시선이 잊히지 않는다. 나는 동물들이 말을 못한다는 말을 믿지 않는다. 인간의 언어를 쓰지 않을 뿐, 그들은 그들만의 방식으로 시끄러운 인간들보다 훨씬 더 많이, 효과적으로, 깊이 전달한다. 착하고 순수한 소야, 너는 또 어디서 도살되어, 누구의 배 속으로 들어갔을까….

철학자 레비나스는 얼굴의 윤리학을 말한다. 그는 "얼굴은 하나의 명령"이라고 했다. 얼굴은 그 자체로, 언어를 초월해 우리에게 말을 건다. "나를 사랑하라, 나를 죽이지 마라, 형제여, 자매여…." 모든 얼굴은 그렇게 말을 한다. 사형대에서도 사형수의 얼굴을 똑바로 쳐다보면서 죽일 수 있는 사람은 없다. 그래서 눈을 가리고 처형을 한다. 우리는 얼굴 있는 것을 먹는 꺼림칙함을 본능적으로 안다. 내 친구의 어머니는 식탁에 생선을 내어놓을 때 얼굴 부분을 가렸다고 한다. 그래서 뭐가 달라지느냐고 할지 모르지만, 성찰하게 해주는 효과는 분명히 있다. 우리가 먹는 음식도 한때 얼굴이 있었던 생명이라는 걸 환기해주는 성찰의 효과.

얼굴이 있는 동물들을 마주 보면서 죽이고 먹는다는 것은 사실 웬만한 인간이 정신이 똑바로 든 상태로 할 수 있는 게 아니다. 굉장히 무뎌지고, 마음의 벽이 확고하게 쳐져야… 한마디로 인간이 인간이기를 잠시 멈추어야 가능한 일인 것이다.

　　소, 돼지, 닭과 같은 대표적인 가축들 이외에도 우리가 얼마나 많은 동물들에게 상상도 못할 고통과 피해를 입히고 있는지, 환경과 건강에 어떤 영향을 주고 있는지 깨달은 건 그다음에 차차 일어난 일들이다. 그러면서 내 몸도 눈에 띄게 좋아지고 있었다. 나는 그렇게 천천히 비건이 될 준비를 하고 있었다.

소유

나도 쿨하게 말할 수 있으면 좋겠다. "그래요 당신은 열심히 육식하세요, 전 채식할게요. 서로 스타일이 다른 것뿐이니 각자의 선택을 존중합시다"라고. 그런데 문제는 그보다 복잡하다.

동물은 누구의 것인가?

"동물은 소유물, 물건, 노예, 기계가 아닙니다."
(실제로 이런 티셔츠가 있다. 갖고 싶은 목록 1위!)

개는 개 주인의 것인가? 돼지는 가축 농장 주인의 것인가? 생선은 어부의 것인가? 동물원의 기린은 해당 관청의 소유인가? 현행법상으로는 그럴지 모른다. 그러나 정말로 그런가?

인간끼리 소유하는 제도가 노예제였다. 이 부적절한 소유 관계는 철폐되었다. 이제 그 어떤 근로자도 사용자의 소유가 아니라 상호 계약 관계에 있을 뿐이다. 왜 동물은 여전히 사유재산이 될 수 있을까. 동물은 아직도 노예, 또는 노예보다도 못한 물건이다. 농장의 소는 식품, 펫숍의 강아지는 반려상품, 보신탕의 개는 보양상품, 아쿠아리움의 돌고래는 관광상품이다. 달리 표현하자면, 농장의 돼지는 식품노예고, 관광지의 당나귀는 운반노예, 펫숍의 고슴도치는 반려노예이다.

생명을 가진 데다가 고통을 지각하는 동물을 우리가 이처럼 노예화하거나 상품화할 수 있는 근거는 무엇일까? 옛날부터 그래왔기 때문에? 인간이 힘이 더 세기 때문에? 더 영리하기 때문에? 논리가 너무 빈약하지 않은가? 남자가 여자보다 힘이 세니까 여자를 이용할 권리가 성립한다고? 일반인이 정신지체장애인보다 똑똑하니까 그들을 이용할 권리가 생긴다고? 멀쩡한 정신으로 이런 주장을 할 사람은 없다.

인간 우월주의를 들이대는 사람도 있다. 인간은 동물보다 우월하므로 동물 착취는 정당화된다는. 과연 어떤 면에서, 누가 우월하다고 했는가? 타당한 근거가 없는 말이다. 그저 인습적으로 허락 없이 착취할 뿐, 동물을 마음대로 해할 수 있는 천부권리는 그 어떤 인간에게도 주어지지 않았다("동물도 다른 동물에게 마음대로 하지 않느냐"란 질문이 나오지 않기를 진심으로 바라지만… 궁금한 사람은 108쪽 참조).

당신이 먹는 동물은 사실 당신 것이 아니다

현실의 언어로 바꿔 말해보자. 백번 양보해서 동물 말고 '동물 자원'이라고 부르더라도 그것은 사유재가 아니라 공공재이다. 지리산의 반달가슴곰 한 마리, 동해의 명태, 제주 앞바다의 돌고래 한 마리… 발견한 사람이 임자가 아니다. 개인이 마음대로 할 수 없으며, 동물의 운명을 결정하려면 공론장의 합의가 필요하다. 민주적 절차를 거쳐 돌고래 '제돌이'처럼 바다에 풀어줄 수도 있다. 특히, 그 자원의 관리를 맡은 이들이 책임을 완수하지 못한 경우엔 다른 이들이 너 적극적으로 참견할 수 있다. 아이도 부모가 제대로 돌보지 못하면 국가나 이웃이 개입하는 논리와 같다.

야생동물뿐만이 아니다. 가축동물을 먹는 과정에서 윤리적, 환경적, 건강적으로 엄청난 영향이 발생한다. 반려동물도 키우는 과정에서 사회에 큰 영향을 끼친다. 두 종류의 동물 모두 그들의 사육이 사회 전반에 끼치는 파급효과가 사적 영역을 뛰어넘기 때문에 공공의 개입을 일정 부분 받아들일 수밖에 없다. 이처럼 동물의 사용은 단순히 개인 취향에 의한 선택처럼 보여도, 사실은 사적 영역을 넘어서 공공 영역에 속하는 책임을 동반한다. 이 공공성을 자각하면 내가 뭘 먹든 남이 왜 상관이냐는 단순 논리는 통하지 않는다.

식탁은 정치적이다

나는 "비건도 하나의 삶의 방식이니까 제발 존중해달라"고 애원/간청할 생각이 없다. 아직 소수라서 힘이 없을 뿐, 존중받아야 하는 건 너무나 당연하다. 당연한 걸 부탁할 필요는 없다. 나는 한 걸음 더 나아가고자 한다. 양식과 양심을 갖춘 사람이라면 누구나, 최소한 얼마간은 이러한 삶의 방식을 받아들일 의무와 책임이 있음을 말하고 싶다. '의식 있는 식생활'은 단지 취향이나 옵션이 아니다. 다른 말로 하자면, '의식 없는 식생활'은 더 이상 선택지가 아니다.

　　물론 개인의 선택은 존중해야 한다. 그러나 의식 없는 식생활을 고수하겠다는 사람들이 존중하는 개인은 그들 자신뿐, 그들의 선택 때문에 희생되는 동물들과 피해를 입는 수많은 다른 개인들의 선택은 안중에도 없다. 살고 싶은 동물의 선택은 왜 조금도 존중받지 못하는가? 한 사회가 동물을 다루는 방식, 이들을 통해 식품을 생산하는 방식이 윤리와 공중보건과 지구 전체에 영향을 준다면, 이는 당연히 공적인 비판과 감시, 규제의 대상이 된다. 개별 사안만 보면 개인의 선택이라고 해도, 이것이 모여 전체적으로 끼치는 결과가 공공 영역의 안녕과 직결되기 때문이다. 그런 의미에서 식탁은 공적이고 정치적인 공간이기도 하다.

　　실제로 해외에서는 정부나 기업 차원의 규제가 생기고 있다. 덴마크, 독일, 스웨덴에서는 이미 '육류세'의 도입을 의회에서 검토하고 있다. 지구 온난화와 국민 건강 때문이다. 『가디언』지는 이 제도가 5~10년 내에 도입될 것으로 전망했다. 미국의 '위워크(WeWork)' 같은 기업은 사내의 모든 공식 식사에서 육류를 금지했으며, 업무를 위한 식대도 육류의 경우엔 환급을 안 해주기로 결정했다. 탄소 발자국을 줄이기 위함이다. 이렇게 세금의 형태든, 금지의 방식이든, 아니면 담배 겉면의 표시처럼 광고/권고의 형태가 되든, 이 문제는 공공 규제를 피해갈 수 없을 것으로 보인다.

고기 먹는 걸 규제한다고?! 당신은 여전히 개인 영역 침해라고 버틸지 모른다. 아이러니컬하게도, 음식은 개인 취향일 뿐이라고 주장하는 사람들이 오히려 식탁 위의 개인주의를 곧잘 침해한다. 채식하는 사람들에게 시비 거는 장면을 얼마나 자주 목격하는지 모른다. 절대 그냥 놔두거나 넘어가는 법이 없이, 아무도 묻지 않았는데 어김없이 사견이나 소감을 피력하거나, 핀잔을 주거나, 무지에서 비롯된 무례한 농담을 하거나, 잘못된 정보를 들이대며 충고를 하려고 한다. 덮어놓고 못마땅함을 표현하려는 게 아닌가 의심스러운 경우가 한두 번이 아니다.

새로운 우리의 발명

개인주의에 대한 존중이 가장 없는 사람들이 음식 개인주의를 주장하는 이런 꼴은 앞뒤가 안 맞는다. 차라리 서구처럼 개인주의가 확실히 발달한 사회라면 일관성이라도 있을 텐데, 우린 그것도 아니다. 이 나라는 마약을 규제하고, 동성 결혼을 금지하고, 자살도 금지하고, 심지어는 낙태도 금지한다. 왜 이것들은 개인의 선택이 아닌가, 개인의 선택에 맡기는 국가들도 있는데? 한국은 온갖 명분을 내세워 이런 규제들을 정당화하고 많은 국민들이 이를 찬성한다. 이 논리를 따르자면, 사회와 환경 그리고 때로는 대외 이미지에 영향을 미치는 동물 먹는 문화도 당연히 규제 대상이 될 수 있다. 이처럼 모순적인 한국 사회의 가치 판단 기준을, 정작 구성원들은 인식도 못한다.

　같은 맥락에서 한국인은 자신들이 얼마나 인색한지도 모른다. 세계기부지수(World Giving Index)도 중하위권이며, 공적원조(ODA) 규모도 GDP에 대비해 초라한데 오히려 원조를 줄여야 한다고 생각하는 국민들이 더 많다. 심지어 무상 원조조차도 어떻게 하면 원조를 통해 이익을 챙길지에 대한 관심이 앞선다. 전형적인 졸부들처럼 베풀 마음은 없고 툭하면 우는소리를 한다. 역사상 한국이 이토록 잘살았으나 이토록 이기적이었던 때는 없었다.

　우리에겐 남을 대하는 태도에 대한 근본적인 인식 전환이 필요하다. 그러지 않으면 자칫 각박한 수전노들의 나라로 전락할지도 모르고, 결코 행복해질 수도 없으며, 다가오는 아니 이미 직면한 생태 위기를 극복할 방법도 없다. 우리는 과학적 발견을 토대로 동물과 자연에 대한 새로운 윤리 기준을 마련해야 한다. 그것은 동물, 자연, 외국인, 소수자… 나와 다른 타자를 배제하는 대신 최대한 아우르는 '새로운 우리'를 발명하는 일이다. 그리고 그 발명은 거창한 구호가 아니라 일상의 실천에서 시작된다.

실전

이 장은 비건을 한번 시도해보고 싶은 사람들을 위해 준비했다. 무슨 이유 때문이든지 당신이 새로운 시도에 열려 있는 사람이라는 건 참으로 멋지고 다행한 일이다.

시작하기: 완벽주의를 버리고

처음 비건을 하려고 하면 막막하다. 비건이 아닌 다른 종류의 채식을 해본 경험도 없다면 더 그렇다. 먼저 실현 가능한 목표를 세워보자. 처음부터 앞으로 평생 비건으로 살아야 한다는 부담을 갖고 시작할 필요는 없다. 딱 한 달만 해보자, 해보고 좋으면 계속하자, 라고 가볍게 시작하자.

시작을 주저하는 초보 비건들을 위해 영국에서 재밌는 프로그램이 고안되었다. 바로 'VEGANUARY(비게뉴어리)', 즉 'VEGAN'+'JANUARY'의 줄임말이다. 많은 사람들이 새해를 새 마음으로 시작하고 싶어 하는 심리에 착안해, 1월 한 달 동안 비건에 도전해보자는 아이디어이다. 2014년에 첫선을 보여 3,300명이 참가한 이 프로그램은 풍부안 레시피와 적절한 팁들이 잘 준비되어 있어 입소문이 나면서, 2019년에는 250,310명이 참가하는 등 선풍적인 인기를 끌고 있다.

물론 이것도 어려울 수 있다. 특히 직장인 중에 도시락을 쌀 여건이 안 되는 이들에겐 어려운 주문이다. 한 달이란 시간을 내기 힘들거나, 처음부터 비건을 하기 부담스럽더라도 포기하긴 이르다. 다른 우회로를 택하면 된다.

솔직히 말하자면, 아래 나열한 채식들을 적극적으로 추천하고 싶지는 않다. 가능하면 비건에 도전하기를 추천한다. 그래야만 진짜 변화를 경험할 수 있다. 첫 문턱만 넘으면 그다음은 일상이 되어 쉬워지는데 힘들다고 피하기 시작하면 계속 피하게 되기 때문이다. 다만 현재의 조건하에서 비건이 어렵게 느껴짐을 알기에, 자칫 '채식은 어렵다'는 고정관념에 빠져 시도도 안 하는 일이 없도록 대안적으로 몇 가지 제시해본다.

고기 없는 주말

가장 쉬운 것 중에 비틀스의 폴 매카트니가 주도하는 '고기 없는 월요일(Meat Free Monday)' 캠페인이 있다. 여기서 한 걸음 더 나아가, 주중에는 자유롭게 먹되 주말에는 채식을 하는 방법도 있다. 누구나 주말은 공적인 모임보다 사적인 시간이 많기 때문에 시도하기가 용이하다. 습관이 붙으면 거꾸로 주중에는 비건, 주말에는 비채식으로 바꾸어 일수를 늘릴 수 있다.

　+문제: 하루나 며칠만 해서는 체감 효과, 정신적 효과, 환경적 파급 효과 모두 상대적으로 미미하다. 느끼는 보람도 그만큼 한계가 있어 곧 흐지부지되기도 쉽다.

내 돈 주고 사 먹지는 말기 혹은 몰래 하기

내가 가장 먼저 시도했던 방법이다. 첫 1~2년은 이렇게 했다. 외식이든, 장을 볼 때든, 선물용이든, 최소한 내 돈으로 육류를 구매하지는 말자는 원칙을 세우는 것이다. 이러면 소비자운동의 측면에서는 소소하게나마 수요를 줄이는 데 공헌할 수 있다.

　주위 사람들에게 부담을 줄까 '세미-비건'을 한다는 사실을 알리지 않는다. 식사 초대를 받거나, 모임에서 동물성 제품이 제공되거나 선물을 받는 경우는 그냥 따지지 않고 먹는다. 일종의 '클로싯(closet) 비건'이다. 즉, 남들 몰래 혼자 있을 때 실천하는 경우다.

+문제: "나쁜 짓을 하는 것도 아닌데 내가 왜 숨기고 있지?" 정체성과 메시지의 혼란이 생긴다. 남의 시선을 지나치게 의식한다는 면에서도 부정적. 주위 사람들에게도 혼란을 준다. 원하지도, 고맙지도 않은 선물이나 식사 초대를 야기해 결과적으로 쌍방을 불편하게 만들 수 있다.

'66퍼센트' 비건

매일 세 끼 중 두 끼를 채식으로 하는 방법이다. 직장인이면 아침과 저녁이 좋다. 점심은 융통성을 발휘하되 덩어리 고기는 피하고 채식 위주로 한다.
+문제: 위와 상동.

페스코 베지테리언

생선과 해산물은 먹는 채식이다.
+문제: 생선과 해산물에도 상당한 문제가 있다 (132쪽 참조). 먹더라도, 무한 리필 초밥집은 피해야 하고, 새우도 재고해봐야 한다. 참다랑어 같은 멸종 위기종을 먹지 않도록 꼭 확인하자.

달걀과 유제품을 먹는 채식을 말한다. 쉽게 접근할 수 있다는 장점이 있다.

　+문제: 달걀과 유제품 생산 과정은 육류 생산보다 더 잔인하면 잔인했지, 결코 덜하지 않다. 여전히 이 산업의 유지와 번성에 공헌하는 것이다. 건강 측면에서도 효과가 반감될 수 있다(달걀: 130쪽/우유: 126쪽 참조).

　위에 제시한 채식 중 하나를 실천해보는 건 누구나 가능하다. 목표는 구체적일수록 좋다. 모호하게 '덜 먹기, 적당히 먹기'란 말은 처음엔 듣기도 부담 없고 문턱이 낮아 편한 듯하지만, 그만큼 아무 기준이 없어 결국 지켜지지 않는다. 강조하고 싶은 점은, 강도를 단계적으로 높이지 않으면 애초의 취지와 의미가 반감된다는 점이다. 어떤 이들은 하루아침에 비건으로 바꾼 후 평생 뒤도 안 돌아보기도 하고, 어떤 이들은 십수 년이 걸려도 끝내 유제품을 못 끊는다. 무엇을 하든 안 하는 것보다는 훨씬 낫고 박수 쳐줄 만하다. 그러나 진짜 변화는 우리 모두가 평소에 하는 수준보다 한 뼘 더 해보려고 노력할 때 일어난다.

유지하기

팁은 인터넷에

한국어로 된 비건 관련 정보는 최근에 조금씩 늘어나고는 있지만, 아직 많이 부족하다. 공신력 있는 전문가 집단이 제공하는 정보가 필요할 때는 '베지닥터(vegedoctor.org)'를 참고할 수 있다. 채식을 실천하는 한국의 의사, 치의사, 한의사들의 모임인데, 이 중 황성수 의사나 이의철 직업환경의학 전문의가 인터넷상에서 활발하게 조언을 제공한다. 월간『비건(Begun)』은 국내 유일의 채식문화 전문잡지로 유용한 정보가 많다.

초심자가 흔히 하는 질문 중 하나만 다루기로 하자. 비건을 처음 시작할 때 밤에 배가 고파져서 당황하는 경우가 더러 있다고 한다. 채소와 과일만 먹었을 때 포만감이 느껴지지 않아서 생기는 현상인데, 현미밥이나 콩류처럼 좋은 녹말/탄수화물을 충분히 먹으면 금방 해결된다. 식단을 바꾸면서 몸이 적응하는 기간 동안 일어나는 일시적인 현상으로 전혀 걱정하지 않아도 된다.

만약 건강상의 이유로 비건을 시작했다면, 갑자

기 모든 병이 기적적으로 나아질 것이라고 기대하기보다는 영양에 대해 꾸준히 배워가면서 자신에게 가장 잘 맞는 식단을 개발해가는 것이 좋다. 그러면 반드시 효과를 볼 것이다. 당뇨병의 경우는 반응이 빠른 편인데, 채식을 시작한 지 단 며칠 만에 바로 혈압과 혈당이 조절되기도 한다.

혼자가 아니라 함께

커뮤니티를 만들어야 한다. '채식공감'이라는 모임은 오프라인 채식 모임을 주최한다. 가족, 가장 친한 친구나 연인의 지지 또는 참여는 대단히 중요하다. 왜 하는지를 알리고 이해를 구하라. 이때 빈정대거나 피로해하는 부정적인 반응도 각오하라. 진지하고 친절하게 설명하면 대개는 어느 순간부터 '전투/방어' 모드를 풀고 받아들인다. 친한 사이라도 상대방이 거부 반응을 보이면 성급히 같이하자고 제안하지 말고, 먼저 혼자서 몇 개월이라도 시도해보면서 서서히 단계적으로 권유해본다.

비건들 중에는 주변에 미안해하는 경우가 많다. 행여나 자기 때문에 다른 사람들이 불편을 겪을까 봐 전전긍긍한다. 그러나 지구와 동물들, 그리고 그들의 몸에 좋은 일을 하고 있음을 상기하면서 미안한 감정을 극복해야 한다. 나 혼자 좋자고 하는 일이 아니니까. 나도 주위에 미안해질 때가 있다. 그럴 때마다 고통받는 동물들을 떠올린다. 때로는 노예해방 운동을 떠올리기도 한다. 비건도 하나의 해방 운동이니까. 주변 사람들에게 현 시스템의 부당함을 알리는 일은, 당장은 남들의 죄의식을 자극하거나 부담을 준다는 점에서 말하는 사람에게도 고스란히 부담으로 돌아오긴 하지만, 궁극적으로 더 나은 세상을 위한 것이라는 확신만 흔들리지 않는다면 그깟 부담이나 불편한 시선쯤은 감당할 수 있다.

맛을 공감각적으로 즐기며

혀의 미각을 모든 것에 우선시하는 행태가 어느덧 너무 당연해졌다. 내게는 단지 맛의 문제지만 한쪽에서는 삶이 왔다 갔다 하는 문제임을 생각하면 도덕적으로는 답이 자명한데도 쉽게 그만두지 못한다. 그만큼 맛은 무섭다.

맛의 구성 요소는 크게 세 가지다. 단맛(설탕), 짠맛(소금), 기름기(지방). 이 세 개의 조화에 의해 맛이 탄생한다. 거기에 촉감, 질감, 식감(바삭바삭함,

부드러움 등) 등이 추가된다. 음식의 실제 맛은 양념에서 온다. 이 양념들은 식물에서 오고, 동물성이 있더라도 충분히 대체 가능하다. 고기의 '근육조직 맛' 자체를 즐기는 사람은 생각보다 소수이다.

모르는 사람들은 채식주의자들을 금욕주의자로 생각한다. 그런데 많은 비건들이 비건을 하면서 비로소 음식의 진짜 맛을 알기 시작했다고 입을 모아 말한다. 몇몇 나라를 제외하고는 아직 비건 식당이 많지 않기 때문에, 비건을 결심하면 직접 해 먹어야 하는 경우가 많아진다. 자연히 재료에도 신경을 쓰게 되고, 그러다 보면 원재료의 맛을 더 잘 알게 되면서 전체적으로 만족도가 높은 식사를 하게 된다.

맛은 대단히 종합적인 감각이다. 무엇을 먹느냐만큼이나 누구와, 어디에서, 어떻게 먹느냐도 중요하다. 그런 면에서 맛은 공감각이다. 비건을 통해 내 몸과 자연환경과 동물에게 좋은 행동을 하고 있다는 자각은 당연히 식사라는 경험의 질을 높이는 데 기여한다. 현재 우리 입맛은 지나치게 맛의 한 차원에만 집중되어 있다. 게다가 위험할 정도로 강한 양념과 조미료에 익숙해져 있다. 가령, 하루 이틀 단식을 하고 나서 식당에서 먹으면 평범한 메뉴도 간이 너무나 강해 먹기 힘들 정도이다. 화학조미료에 물든 입맛을 포맷할 필요가 있다. 비건을 하다 보면 입맛이 변하는 걸 느낀다. 몇 년이 지나 뒤를 돌아보면, 과거에 선호하던 것들이 이제는 입에 대기도 싫어졌음을 깨닫는다. 변화를 실감하는 이 순간부터 진짜 새로운 맛의 세계가 열린다. 비건 음식이 맛이 없었다면, 단지 몸에 좋고 윤리적이라고 해서 이렇게 많은 사람들로부터 호응을 받지는 못했을 것이다.

서양식에선 식물성 재료의 사용이 단조로울 때가 많다. 그래서 비건 서양식에는 창조적인 레시피들이 많이 나오고 있다. 반면, 동양식은 원래부터 풍부한 채식 옵션을 자랑한다. 동양인인 우리는 축복받은 셈이다. 지금은 동양식도 육식 위주로 바뀌긴 했지만, 기본은 채식 기반이므로 비건 버전으로 만들기가 쉽다. 한식, 인도식, 네팔식, 베트남식, 태국식, 레바논식, 에티오피아식 모두 이에 해당한다. 특히 한식의 다양한 김치, 나물, 전, 사찰 음식 레시피는 비건에게 축복이나 다름없다. 이탈리아 요리도 생각보다 비건 요리가 많다. 가장 전통이 오래된 피자로 불리는 마리나라(marinara)도 비건식이다. 공장식 축산이 발명되기 전에는 고기와 유제품이 워낙 귀했기 때문에 많은 나라에서 육류 없이도 맛을 내는 온갖 기법들을 발전시켜왔다. 전통 레시피를 찾아봐도 많은 힌

트를 얻을 수 있고, 따라 하기 쉽고 맛있는 현대식 비건 레시피도 인터넷에서 쉽게 찾을 수 있다.

비건답게 입기

모피

비건이 되기로 마음먹은 순간이 생생히 기억난다. 중국의 모피 농장의 실태에 관한 고발 영상이었다. 잔인하게 전기 충격을 당하고 가죽이 벗겨진 시뻘건 동물 사체들이 잔뜩 쌓여 있는 더미 사이로, 피투성이가 된 너구리 또는 여우 한 마리가 기절 상태에서 깨어났다. 아직 목숨이 붙어 있는 친구였다. 채 마르지도 않은 핏방울이 맺힌 눈썹을 껌뻑이며 현실이 믿겨지지 않는다는 듯한 표정을 지었다. 그 얼굴을 평생 잊지 못할 것이다. 인간의 잔인성에 몸서리치며 깨달았다. 우리가 동물들에게 씻을 수 없는 죄를 지었구나. 저 악랄함에 동참할 수 없어, 아니 동참하지 않는 것만으로는 부족해. 이 영혼들을 위해 뭔가 해야겠어. 이 결심을 잊고 싶지 않아서 당장 바탕 화면을 너구리 사진으로 바꿨다. 그리고 내가 할 수 있는 동물 보호운동을 찾아보기로 결심했다. 그 첫걸음이 비건이었다.

겨울만 되면 거리를 걷는 것이 고역이다. 너무나 많은 이들이 모피를 걸치고, 양모를 쓰고, 오리털이나 거위털 잠바를 입고 다니는 걸 볼 때, 때로는 견딜 수 없는 슬픔과 무력감에 고개를 떨군다. 출퇴근길마다 시체 무덤 사이를 통과하는 기분이다. 혹자는 가짜 인조 모피라며 대수롭지 않아 한다. 얼마나 많은 '가짜-가짜 모피', 즉 진짜 모피가 유통되고 있는지 알고나 하는 얘길까. 대부분이 중국에서 학대당하다 죽은 너구리나 개라는 걸? 비건에게는 차라리 여름이 낫다. 콩국수가 개시되는 것 때문만이 아니라, 동물 학대 패션이 좀처럼 눈에 띄지 않기 때문이다. 아 참, 대신 복날이 있었군….

가죽

매년 1억 4천만 마리씩 도축당하는 소, 송아지, 양, 돼지 들. 그들의 절반가량은 죽어서 가죽을 남긴다. 가죽 생산은 환경 파괴도 매우 심하다. 주로 인도, 중국, 방글라데시에서 값싼 인력을 착취하며 생산되는데, 제조 준비 과정에서 유출되는 동물 내장, 크로뮴과 황화물 등의 화학물질, 보관과 운반을 위한 살충제 등은 인간에게 유해함은 물론 환경을 오염시키고 하천의 부영양화에도 결정적인 영향을 끼친다. 약 70퍼센트의 쓰지 않는 가죽은 그대로 쓰레기로 버려진다. 무두질 공장 노동자들은 피부, 호흡기, 안구 질환 등을 호소하며, 90퍼센트가 50세를 넘기지 못하고 일찍 사망한다. 크로뮴에 노출되면 비강암, 폐암, 탄저병에 걸리기도 한다.

가죽 잠바 같은 아이템은 필수가 아니라고 하더라도, 구두는 가죽을 빼면 선택의 폭이 많이 좁아지긴 한다. 운동화는 그나마 조금 낫다. 현 상황에선 브랜드들에게 비건 제품을 더 많이 만들어주도록 다방면으로 요구하는 수밖에 없다. 제대로 된 브랜드들은 추세에 맞춰 비건 옵션 개발에 상당히 열려 있다. 해외에서는 코르크, 파인애플 잎, 오렌지 껍질, 버섯이나 버리는 식물성 재료를 활용한 기발한 가죽 대안 제품들도 속속 등장하고 있으니, 어서 국내에도 들어오길 기대해본다. 한편 이왕 구입한 가죽 제품들은 닳을 때까지 신는 게 낫겠지만, 마음이 불편하다면 기증하는 편이 낫다.

양모와 패딩

과거에는 양모에 대한 낭만적인 이미지가 있었다. 양을 친절하게 끌어안고 우리가 머리를 깎듯이 조심스럽게 털만 깎아주면 양도 시원해서 좋고 서로 좋을 거라는, 순진한 생각을 하고 있었다. 진실은 그게 아니었다. 양모를 자르는 과정에서 양을 심하게 학대하는 장면들이 여러 번 포착되었다. 도살과 같은 논리다. 수요가 많아지고 대량생산을 하다 보면, 시간당 단가를 맞춰야 하는 구조적인 문제 때문에 동물 학대는 필연이 된다. 안 사는 길 말고 이를 방지하기는 불가능해 보인다.

　　잠바 하나를 두고 한참을 고민한 적이 있다. 재료 표시를 보니 깃털이 조금 섞여 있다는데, 동물 복지 규정이 엄격한 스웨덴 제품이었고 믿을 만한 브랜드라서, 또 당장 필요해서 고민 끝에 구입했다. 새가 털갈이를 하면서 바닥에 떨어뜨린 깃털만 수거해서 썼다고 생각했다. 나중에 검색해보니 다행히 동물복지인증이 있는 제품이었지만 "동물 복지 규정과 기준에 맞췄다"는 말만 있지 깃털을 정확히 어떻게 구했는지에 대한 설명은 없었다. 담당자에게 연락을 취해봤지만 답도 없었다. 결과를 모르니 처분할 수도 없고 찝찝한 기분을 버릴 수 없었다. 패션 쪽으로 무지하다 보니 공부와 준비가 부족해서 저지른 실수 중 하나다.

다운의 대안재로는 폴리에스터를 미세 섬유로 가공한 웰론, 신슐레이트 등의 인공 충전재가 대표적이다. 이 소재들은 보온 기능도 뛰어나고 눈과 비에 강한 장점이 있다. 이 외에도 프리마로프트나 플럼텍 등의 신소재나 햄프를 이용한 친환경 섬유 등이 있다. 문제는 동일하다. 아직 한국에는 '착한 패딩'이나 '착한 양모'에 대한 수요가 적어 제품 수가 턱없이 부족하다는 점이다.

각종 인조/모조 제품들

채식 버거, 가짜 고기, 인조 모피나 인조 가죽, 페이크 퍼(fake fur) 등 동물 학대와 환경 파괴는 피하고 싶지만 여전히 제품의 효과는 놓치기 싫은 사람들을 겨냥한 제품들이 쏟아져 나온다. 비건에도 다양한 단계와 접근이 있고 이를 존중할 필요가 있기 때문에 이런 방식을 비판하고 싶진 않다. 그러나 개인석으로는 지양한다. 특히 인조 모피와 인조 가죽은 눈에 거슬린다. 한 디자이너에 따르면, 어차피 모피를 살 사람

은 무조건 사게 되어 있고, 아는 사람들은 척 보면 인
조인지 아닌지 구분을 하기 때문에 차라리 인조 모피
를 제공하는 게 현명한 방법이라고 한다. 좋다, 하나
의 방법일 수는 있다. 그러나 의문은 남는다. 나만 해
도 육안으로는 가짜와 진짜를 전혀 구분하지 못하고,
많은 이들이 그럴 것이다. 그렇게 되면 모피는 여전
히 일상화되고 당연시되면서 진짜 모피를 산 사람도
남의 시선을 의식하지 않고 더욱 편하게 구입해 입는
분위기가 계속될 것이다.

실제로, 한국에서는 최근 몇 년간 에스키모처럼
재킷의 후드 주위를 모피로 두르는 '퍼-트리밍'을 주
축으로 인조 모피 시장이 급성장했다. 이중 상당량은
개와 너구리의 털이라고 한다. 죄의식을 없애주는 상
품이 나올 때 소비가 증가하는 원리는, 일회용 플라
스틱이 재활용된다는 착각에 너도 나도 너무 편하게
소비하다가 플라스틱 대란을 맞은 원리와 상통한다.

또한, 환경을 고려한다면 인조 모피에도 큰 문
제가 있다는 점을 간과해서는 안 된다. 인조 모피는
약 60퍼센트 이상이 아크릴로 만들어지고 나일론이
나 폴리에스터도 쓰인다. 아크릴은 2014년 유럽 커미
션이 수행한 연구에서 열 개의 대표적인 섬유 재질 중
에 환경 영향이 최악인 것으로 판명된 재료이다. 제

작 공정이 에너지 집약적이고, 온실가스를 생산하며, 제작 과정에서 발생하는 화학 물질들에는 발암 물질도 있다. 인조 모피는 주로 저개발국 노동자, 심지어 어린이의 노동력을 이용하는데 이들에게도 악영향을 끼친다. 인조 모피 코트 하나를 만들기 위해서는 약 10배럴의 석유가 들어가고, 인조 모피 의류는 빨래할 때마다 빠져나가는 약 1900개의 미세플라스틱 입자가 바다로 흘러들어가 환경을 오염시키고 해양 동물들을 죽인다.

인조 모피는 싼 가격 덕분에 많이 팔리지만 대신 빨리 지겨워지는 '패스트-패션'이 되었기 때문에 그만큼 빨리, 많이 버린다. 영국에서만 매년 약 35만 톤의 인조 모피 의류가 쓰레기 매립지로 직행한다. 입는 것은 고작 몇 년이지만 자연 분해되려면 천 년도 더 걸린다.

비건의 문턱이 너무 높아 보이는 초보자나 입문자를 위해 어느 정도의 인조 혹은 페이크 제품들이 필요하다고 치자. 그러나 그것도 어떤 선은 지켜야 하지 않을까? 가령, 페이크 고기까지는 대중의 입맛을 고려해 전략적으로 필요하다고 하너라도, 페이크 보신탕이나 페이크 곰쓸개, 페이크 상아까지 범위가 확대된다면 본래 취지가 지나치게 희석되어 희화화될 우려까지 있다. 실제로 많은 이들이 '페이크' 제품에 집착하는 비건들의 행태를 조롱한다.

물론 세간의 조롱을 의식할 필요는 없지만, 좀 더 본질적으로 비건의 의미를 생각하면 육식주의의 욕망, 미학, 입맛을 그대로 고수한 채 내용물의 재료만 바꾸는 건 분명히 아쉬운 부분이다. 보통은 내용은 똑같고 간판만 바꿔 다는데, 이 경우엔 거꾸로다. 내용은 달라졌는데 간판이 똑같은 격이다. 이 역시 오해를 불러일으킨다. 적어도 나에게 비건의 이상은 감각과 감수성의 혁명적 전환이다. 육식주의와 확실히 구분되는, 발상부터 다른 비건적 창조성을 지향하길 바라는 건 무리한 요구일까?

초대를 받았을 때

가장 난감한 것이 초대이다. 좋은 마음으로 초대해준 걸 알지만, 친목의 분위기에서 먹기 싫은 음식을 강요당하고 싶진 않다. 외국에서는 많은 나라들이 채식 문화를 어느 정도 받아들여서 먼저 물어보고 확인하기도 하지만, 한국에서는 아직 물어보는 경우가 매우 드물다. 번거롭더라도 초대를 한 사람에게 미리 알리는 것이 좋다. 예의를 갖추어서 말하면 실례가 되지 않는다. 초대한 쪽에서 너무 준비가 안 되어 있거나 당황해하는 것으로 판단되면, '포트럭(potluck: 각자 조금씩 음식을 준비해 같이 먹는 방식)'을 제안해서 상대방의 부담을 덜어주고, 맛있는 비건 음식을 경험 하게 해주는 방법도 있다.

불편한지 물어볼 때

배려심 많은 친구가 식당에서 물어본다. "혹시 내가 육식하는 걸 보는 것도 불편해?" 내 몸의 건강 때문 에만 비건을 하고 있다면 대답은 쉽지만, 고통받는 동물들이나 환경 때문에도 하고 있다면 대답하기 어 렵다. 딜레마에 빠진다. 친구, 게다가 마음씨 좋은 친 구를 불편하게 만들고 싶진 않지만, 그렇다고 동물의 고통을 뻔히 인지하면서 괜찮지도 않은데 괜찮다라 는 거짓말을 하고 싶지도 않다.

내가 진실을 이야기하는 한, 그리고 그 진실이 상대방의 습관을 건드리는 한, 모두가 편안할 방법은 없다. 진실 자체가 불편하기 때문이다. 하지만 위선 으로 상황을 무마하지 않고도 상대방을 존중하며 예 의 바르게 말하는 방법을 찾아볼 수는 있다. 이런 상 황을 떠올려본다. 나는 노예제가 있는 시대에 태어난 노예반대론자이다. 친한 친구의 집에 갔는데 집에서 노예를 부리고 있는 걸 눈앞에서 보게 된다. 안 그래도 마음이 불편한 상황인데, 내가 노예반대론자라는 걸 알고 있는 친구가 직접적으로 물어본다. "넌 내가 이러는 게 불편해?"

정답은 없다. 일단 충분한 상호 신뢰가 있는 사이인지, 아닌지를 구분한다. 앞으로 한두 번 보고 말 사이가 아니라면 최대한 솔직히 말할 필요가 있다. 내 경우엔 이렇게 한다. "솔직히 말해도 괜찮다면, 사실 편하진 않아. 나한텐 저 돼지도 우리 강아지처럼 보이거든. 누군가 바로 앞에서 네 강아지를 먹고 있다고 생각해봐. 비슷한 기분이지. 하지만 내가 강요할 수 없다는 걸 알아. 결국 네가 하는 선택이니까."

한국의 비건들에게

아직 한국에서 비건은 패션도 아니고 트렌드도 아니다. 판매자들의 따가운 시선과 귀찮다는 반응에 상처받지 말아야 하고, 주위의 뻔한 질문이 반복돼도 지치지 않고 대답해야 하며, 못 먹는 음식들 사이를 지뢰밭처럼 헤쳐가며 살아야 한다. 이런 척박한 환경에서 자발적으로 비건을 실천하는 것만으로도 존경받을 만하다. 외국에서는 가끔 공격적이고 우월의식이 있는 비건들이 등장해서 역효과를 일으키기도 하는데, 한국에선 워낙 지배적인 '육식 질서'에 치여서 그런지 대체로 공손하고 겸손한 인상을 준다. 이게 문제라면 문제다. 문제의 심각성을 여과 없는 언어로 알려줄 비판자도 필요하다.

불과 몇 년 전까지만 해도 나도 집에서 조용히 하는 정도였다. 그런데 내가 좋아하는 유튜브 채널을 보고 생각이 달라졌다. 광고회사 출신의 한 영국 여성이 운영하는 개인 방송에서 그녀의 말이 설득력 있게 다가왔다. "동물 한 마리라도 살릴 수 있다면 맘 같아선 바짓가랑이라도 붙잡고 싶은 심정이죠. 저도 원래는 사람들 앞에 나서서 이야기하는 걸 싫어하지만, 동물들을 살리는 데, 그리고 지구를 살리는 데 찬밥 더운밥 가릴 순 없잖아요?" 변화가 일어나는 때는 언제인가. 누군가 안 하던 걸 할 때이다. 나도 SNS는 물론, 사람들 앞에 나서는 게 싫다. 나도 가족들과 친구들 사이에서 외톨이가 되는 게 좋을 리 없다. 나도 때로는 아무 생각 없이 편하게 살고 싶다. 그러나 동물과 숲과 사람들의 고통을 떠올리면, 생명 하나라도 구할 수 있다면, 안 하던 짓도 해야 하지 않겠는가.

단, 근시안을 경계하자. 나는 비건이니까 좋은

일을 하고 있다, 고로 다른 문제는 대강 해도 된다는 사고방식은 위험하다. 비건에 관해서는 가장 세세한 부분까지 따져가면서 다른 분야에서는 방만한 태도도 경계하자. 자가용을 몰며 장거리 비행을 자주 다니고 전기와 화석연료를 아낌없이 쓰면서 탄소 발자국을 논하는 비건이 누굴 설득하겠는가. 좀 덜 깐깐하더라도 균형이 잡혀 있는 편이 낫다. 비건들에겐 디테일이 중요해서 그런지 지엽 말단에 집착하는 것을 가끔 본다. 소수자 운동에서 나타나는 전형적인 도덕적 결벽증도 눈에 띈다. 말 한마디의 정치적 올바름, 실수 하나를 꼬치꼬치 따지며 꼬투리를 잡기도 한다. 건설적인 비판은 필요하지만, 내 생각에는 완벽주의로 가기보다는 비건 친화적인 공동체를 최대한 확장하는 것이 급선무이다.

모두가 역할이 있을 것이다. 맛있는 비건 레시피를 개발할 사람, 비건 패션을 선도할 사람, 브랜드를 만들 사람, 저녁 모임을 조직할 사람, 페스티벌을 기획할 사람, 자원봉사를 할 사람, 잠입 취재로 현실을 폭로하는 영상이나 다큐를 제작할 사람, 미디어 채널을 운영해 이런 소식들을 퍼뜨릴 사람, 비건 먹방을 찍을 사람, 비건 운동선수가 될 사람, 전문적이고 권위가 있는 정보를 제공해줄 의사와 영양학자,

비건 친화적인 정책을 만들어줄 정책가, 비건으로 얼마든지 육아를 할 수 있음을 보여줄 부모… 할 일은 무궁무진하다. 하지 말아야 할 일은 딱 한 가지다.

정크 비건은 되지 말자

비거니즘이 하나의 사회운동이라고 했을 때, '쓰레기' 음식만 먹는 비건은 의도가 아무리 좋아도 결과적으로 도움이 안 된다. 감자칩과 콩고기, 비건 피자만 먹다 보면 몸을 망치는 건 불 보듯 뻔하다. 해외에는 최근 비건이 인기를 끌자 온갖 가공식품들이 쏟아지는데, 비건 아이스크림 종류만 해도 눈이 휘둥그레질 정도로 많다. 기존 동물성 식품보다야 나을지 모르지만, 별 영양가 없는 합성첨가물 덩어리들인 건 마찬가지다. 이렇게 잘못된 방식으로 비건을 하다 '실패'하면, 자기 건강만 해치고 비건을 하지 말아야 할 본보기를 제공하는 꼴이 된다.

Every Mind Matters

비건이 되면서 여러 '선배'들에게서 많이 배운다. '본 시리즈' 영화음악으로 유명한 뮤지션 모비(Moby)는 열렬한 비건 활동가이다. 동물 보호 활동을 위해 무료로 쓸 수 있도록 일부 음원들의 저작권을 풀어놓았다. 그는 심지어 자신에겐 음악보다도 동물 보호가 훨씬 더 중요하며 동물 보호가로 기억되고 싶다고 했다. 나도 만약 누군가 나를 기억한다면 동물과 자연을 보호하려고 행동했던 사람으로 남고 싶다.

전 세계의 진지한 비건들은 이만큼 절실하게 변화를 꿈꾼다. 아닌 사람들에게는 이 진지함이 우스꽝스러울지도 모른다. 동물에게 꽂힌 괴짜라고 비웃거나, 먹는 음식에 과도하게 이입한다고 빈정대기도 한다. 그럴수록 동지를 만나면 그렇게도 반갑다. 비록 일시적인 동지라 하더라도 모두가, 모든 마음이 소중하다.

비건을 실천해보면 세상이 얼마나 부조리로 꽉차 있는지 실감한다. 그러면서 세상 보는 눈이 바뀐다. 인간이 얼마나 이기적이고 무심하고 보수적인 존재일 수 있는지도 새삼 깨닫는다. 사람들이 무심코 "치맥 하러 가야지?", "삼겹살, 콜?", 심지어 "오늘은 남의 살이 땡겨"라고 너무나 아무렇지도 않게 말할 때, 겨우 이런 걸로 약해지면 안 되지 싶어도 마음 한쪽은 무너진다. 이것이 진지한 비건의 일상이다. 절망은 길고 꾸준하고, 희망은 파편적이고 멀리서 명

멸한다. 파졸리니가 묘사한 반딧불처럼 잔존한다.

　　진지한 비건의 심정은 되어본 사람만이 안다. 그것은 노예제 사회에 살고 있는 노예 반대론자들의 심정, 홀로코스트 시대를 살던 쉰들러 씨의 마음이다. '아, 저 돈이면 생명 하나를 살릴 수 있는데….' 그렇게 하루하루를 안타까운 심정으로 살아간다. 그러나 비건들은 과거보다 미래를 보고 산다. 그들은 마치 미래가 지금-여기 이미 도달한 것처럼 살며, 그러지 않고선 버티기도 힘들다. 그들은 그렇게 무의식적으로 미래를 개척해나간다.

반응들

동물을 사랑하면서도 먹을 수 있어

아내를 때리는 남편들도 아내를 사랑한다고 말한다. 그 사랑은 잘해야 반쪽짜리 일방적인 감정이지 상호적인 사랑이 아니다. 사랑이란 주관적인 개념이므로 논리적 토론의 대상은 아니지만, 상호존중을 바탕으로 한 성숙한 사랑에 대해서는 말할 수 있겠다. 상대방을 죽이고 먹는 행위에 과연 사랑의 이름을 붙일 수 있을까? 게다가 죽이거나 먹어야 할 필연적인 이유도 없고, 그저 맛과 편의를 위해서라면?

예외적인 경우를 생각해볼 수 있다. 전통생활을 유지하는 초원의 유목민이 사랑하던 가축이 나이가 들어 어쩔 수 없이 생존을 위해 자기 손으로 죽이는 상황을 말이다. 여기에서도 가축은 죽기를 원할 리 없기에 여전히 일방적인 사랑이지만, 최소한 생존을 위해 불가피한 측면이 있고, 그 살상 과정이 은폐되거나 남에게 위탁되지는 않는다.

우리가 동물을 죽이고 먹는 방식은 이와 다르다. 자기가 사랑하는 대상이 비좁은 우리에 갇혀 신음하고, 젖먹이 아이를 빼앗기고, 전기 충격기로 실신당하고, 단두대에서 목이 잘리도록 돈을 지불하는 사랑… 말이 될까? 농사로 업종을 바꾼 한 축산업자는 가업을 잇기 위해 오랫동안 축산업을 했지만 점점 쌓여가는 죄의식에 그 일을 그만뒀다고 토로했다.

또 다른 문제는 편애다. 어떤 동물은 극진히 사랑하지만 어떤 동물은 죽여도 그만인 태도인데, 이를 '종차별주의(speciesism)'라고 부른다. 인간 본위의 자의적인 분류 체계로 동물의 용도를 지정하는 것이다. 개는 반려동물, 돼지는 식용, 붕어는 관상용… 한국은 심지어 같은 개도 애완용과 식용으로 나누니 어디서부터 얘길 해야 할지 난감하다. 비슷한 예로, 자신의 어머니와 누이, 배우자, 애인, 딸은 극진히 존중하고 아끼면서 '업소 여성'은 막 대해도 된다고 생각하는 일부 남성들의 사고방식이 있다. 이는 오로지 분류자의 편의에 의한 분류일 뿐, 대상의 본질은 변함없다. 그녀들도 똑같은 존엄성을 가진 여성이자 인간이다. 동물도 마찬가지다.

포유류와 어류, 곤충을 대하는 방식에 차이가 있는 것은 그나마 분류학적인 이해라도 가지만, 같은 포유류 안에서 임의로 분류해놓고 한쪽은 병이 나면 입원도 시키고 장례까지 치르면서, 한쪽은 상시적으로 가두고 죽이고 먹어도 괜찮다는 건, 곰곰이 생각해보면 대단히 모순된 행동이다.

돼지가 개보다 지능이 높고, 닭이나 오리도 인

간과 깊이 교감한다는 건 부정할 수 없는 사실이다. 똑같이 감정이 있고 충족시키고 싶은 본능과 욕구가 있으며, 개나 고양이보다 고통에 있어 결코 덜 예민하지 않은데, 식용으로 선택된 바람에 종 대대로 재앙을 겪는 소, 돼지, 닭의 가혹한 운명. 당신의 반려동물을 쓰다듬을 때 한번 상기해보자.

비건은 너무 극단적이고 과격해

몸을 혹사시키고, 천문학적인 의료비 부담을 초래하고, 동물을 끔찍하게 다루고, 환경을 파괴하는 육식이 아니라, 채식이 과격하다고?

채식은 어쩌다 하는 정도면 충분하지

영화 〈레인메이커〉의 유명한 대사가 있다. "선을 넘으면, 선은 지워진다." 예를 들어 누군가 '폭행 없는 월요일' 캠페인을 제안했다고 생각해보자. 안 하는 것보다 낫다고 격려해줄 수 있을까? '나는 월요일은 인종차별을 안 하겠어' 또는 '나는 하루에 세 번 중두 번은 성차별을 하지 않았으니 이 정도면 됐지'는 어떻게 들리는가? 문제의 심각성을 고찰해보면 말도 안 되는 소리들이다. 단지 현재 사회 분위기가 동물 문제를 그만큼 가볍게 여기고 있기 때문에 버젓한 의견처럼 들릴 뿐이다. 그래도 가끔이라도 하는 사람이 아예 안 하는 사람보다는 낫다.

그보다 훨씬 더 중요한 일들이 많다고

모든 사회문제들에 일률적으로 번호표를 매겨서 순서대로 처리할 순 없다. 그렇게 되면 아마도 경제와 안보 문제 말고는 모든 것이 영영 뒷전으로 밀려날 것이다. 우리는 이제 70~80년대의 성장 위주 경제 모델에 의존해서 돈 버는 것 이외의 모든 걸 뒤로 미루어온 관성에서 벗어나야 한다. 그러다가 일어난 대표적인 비극이 세월호 참사임을 잊지 말자.

　앞서 말했다시피 해외에는 "공장식 축산은 인류 역사상 최악의 범죄 중 하나"라는 유발 하라리의 생각에 동감하는 지식인도 적지 않다. 반면, 우리 사회에서는 지식인조차 축산 문제의 심각성에 대해 자각이 없는 건, 문제가 중요하지 않아서가 아니라 그들이 무식하거나 근시안이기 때문이다. 이 문제의 함의는 환경과 동물권뿐만 아니라 빈곤, 인권, 노동권 등 환경 정의의 문제에까지 미치는데 말이다.

가령, 빈곤 문제의 심각성은 누구나 공감한다. 바로 그 빈곤 때문에라도 비건을 해야 한다. 지금 전 세계 곡식의 40퍼센트 이상(미국은 70퍼센트)이 누구에게 가고 있는 줄 아는가? 사람이 아니라 소와 돼지 등 가축에게 가고 있다. 이렇게 불평등하고 비효율적인 식량 생산 구조는 무엇 때문에 존재하는가? 고기를 먹기 위해서이다.

게다가 현재의 식량 공급 구조하에서는 잘사는 나라들의 육류 소비 때문에 못사는 나라들이 손해를 본다. 선진국은 저개발국의 경작지를 대규모로 매입하거나 장기로 무상 임차해 자국을 위한 사료 작물 경작지로 쓰면서 교묘하게 식량 주권을 침탈하고 토지를 수탈한다. 이렇게 대량생산된 곡식을 저개발국 사람들이 직접 먹을 수 있으면 식량 문제도 상당 부분 해결된다. 전 세계에 기아로 허덕이는 인구가 약 8억 명으로 추산되는데, 미국에서 가축에게 먹이는 곡식만 해도 이들을 먹여 살릴 수 있는 양이다. 즉, 동물권이나 환경권뿐만 아니라, 인권과 전 지구적 평등을 위해서라도 비건을 확산시켜야 한다.

한 나라 안에서도 축산업의 환경오염에 가장 시달리는 사람들은 하층 계급의 유색인종들이다. 다큐멘터리 〈몸을 죽이는 자본의 밥상(What the health)〉

은 미국 노스캐롤라이나주의 축산 농가 부근에 거주하는 유색인종 사람들이 고통받는 사례를 생생히 보여준다. 분뇨와 폐수, 악취의 피해를 말 그대로 피부로 겪는(실제로 피부병도 걸린다) 이들은 다름 아닌 사회 취약 계층이다.

축산업, 특히 도살업에 종사하는 노동자들도 비인간적인 직업 특성 때문에 고통을 토로한다. 어떤 이들은 트라우마 증세를 호소하기도 하고, 도살장에서 벌어지는 동물 학대를 견디지 못하고 양심선언을 하는 전직 도살업자도 있다. 우리는 자신이 직접 하기 싫은 더럽고 끔찍한 일을 그들에게 시키고 있는 것이다. 청부 살해는 청부업자에게만 책임이 있는 것이 아니라, 돈 주고 청탁한 사람도 엄중히 살인죄로 다스림을 기억하자.

동물들도 동물을 먹잖아

그렇다. 사자는 영양을 잡아먹는다. 동시에 사자는 일부다처제이고, 자기 새끼가 아닌 새끼를 죽이며, 만나면 서로의 항문 냄새를 맡는다. 어떤 사람이 이런 행동을 따라 하면서 "사자가 그러니까 나도 한다"고 합리화한다면 우리는 그/그녀를 미쳤다고 생각할 것이다.

인간의 윤리를 동물의 행동 생태에 기초하는 건 어리석은 일이다. 인간은 오히려 자연의 원리로 흔히 통용되는 약육강식의 '정글'에서 벗어난 '문명인'으로서 높은 수준의 윤리, 상호배려와 인간성을 이뤘음을 자랑으로 삼아왔다. 동물 착취를 정당화할 때는 인간의 우월함과 특별함을 들먹이다가, 야만적이고 비윤리적으로 행동하고 싶을 때는 "우리 역시 어쩔 수 없는 동물일 뿐"이라며 책임을 내팽개치는 것은 편의주의적이고 비겁하며 앞뒤가 안 맞는 태도이다.

자연의 원리를 본뜨고 싶다면 좋은 것들을 선별해서 본받아야 할 것이다. 가령, 동물들은 먹을 만큼만 먹는다. 사자는 재미로 사냥하지 않고, 먹을 것을 창고에 쌓아두지도 않는다. 그 어떤 동물도 인간처럼 다른 동물을 공장 규모로 가두어두고 노예처럼 착취하지 않는다. 생태계 파괴를 일삼으면서 자연의 일부분만 임의로 본떠 악행을 합리화하려는 시도는 스스로의 모순에 갇힐 뿐이다.

인간은 원래 육식이다

현대인은 분명 잡식동물이다. 그런데 인류학적으로

보면 주로 곡물이나 과일로 배를 채우는 초식동물에 가까웠고, 이따금 기회주의적으로 육식을 한 정도였다. 그러다 사냥 기술과 도구가 발달하면서 육식 비율이 점점 늘어났고, 공장식 축산을 발명하여 현재처럼 육식 위주가 된 것은 굉장히 최근의 일이다.

인간의 몸은 육식동물보다 초식동물에 더 가깝다. 치아 가운데 90퍼센트가 어금니처럼 식물성 음식을 먹기 위한 맷돌형 치아다. 가장 날카롭다는 송곳니조차 뭉툭해서 육식동물처럼 다른 동물들의 가죽과 근육조직을 물어뜯어내는 능력이 현저히 떨어지며, 오히려 딱딱한 과일이나 견과류, 질긴 섬유질을 씹는 데 적합하다. 구강 구조도 악어나 고양이류처럼 아래위로 씹도록 되어 있지 않고, 초식동물처럼 식물이나 곡식을 으깨고 갈아먹기 좋도록 상하좌우로 자유롭게 움직인다.

내장 길이도 다르다. 육식동물은 사체가 몸 안에서 부패하면서 생기는 각종 독소와 노폐물 문제를 최소화하기 위해 장이 굉장히 짧다. 반면 초식동물은 이를 걱정할 필요가 없는 대신, 식물을 충분히 소화할 수 있도록 장이 세 배 이상 길다. 인간은 후자 쪽에 가깝다. 인간은 육식동물에게는 없지만 초식동물에게서는 발견되는 식물 분해 성분인 아밀라아제를 갖고 있다.

인간은 육류를 소화시키는 데 최적화되어 있지 않기 때문에 소화 과정에서 신장과 간 등에 커다란 부담이 된다. 채식인은 체내에 평균적으로 두세 끼 정도가 머물러 있다면, 비채식인은 일고여덟 끼 정도가 머물러 있다고 한다. 사자나 표범 같은 고양잇과 동물들이 하루 종일 게으르게 늘어져 있는 것도 이 힘겹고 느린 소화 과정 때문이다.

인간의 몸은 약간의 육식은 허용한다. 몸에 좋다기보다는 오차율을 허용하는 정도다. 가령 한국인의 90퍼센트는 우유 속의 유당을 소화하지 못하지만, 한두 잔 마셨다고 탈이 나지는 않는다. 그러나 좀 더 마시면 설사나 복통을 경험한다. 같은 이치로, 우리 몸은 원래부터 육식에 맞도록 설계되어 있지 않기 때문에 육류 소비가 과하면 탈이 나기 시작한다. 한국이 대장암 발병률 세계 1위인 점은 육류 섭취와 관련이 매우 깊다. 우리와 유전적으로 가장 가까운 고릴라, 오랑우탄 등의 영장류들은 모두 채소와 과일만 먹는 비건들이다. 그중 유일하게 잡식동물이라고 할 수 있는 침팬지도 약 97퍼센트는 채식이고, 나머지도 어쩌다 곤충류나 작은 포유류를 먹는 정도다.

채식만 해서는 건강할 수 없다

정반대이다. 채식 위주의 식단(plant-based diet)이 건강에 좋다는 것은 이제 상식을 넘어 과학적 지식이 되었다. 온갖 전문 기관들에서 쏟아져 나오는 연구 결과와 논문, 임상 실험들이 이를 탄탄히 뒷받침해주고 있다. 이 사실이 한국에서 필요한 만큼 널리 퍼지지 못한 이유는 1)막대한 이해관계가 걸린 거대 축산/낙농 기업의 광고와 상술, 2)불편한 진실을 알고 싶어 하지 않고 혀끝 만족만 찾는 사람들, 3)쓴소리하는 걸 기피하거나 최신 동향에 어두운 국내 언론 및 고기 없이는 죽고 못 사는 기자들, 4)후진적인 영양학 분야 지식, 5)영양 관련 교육은 별로 받지 않았으면서 아는 척하는 의사들, 6)아직도 "흰밥에 고기"를 최고로 치는 70년대 담론에서 벗어나지 못한 의식 수준 등 때문이다. 진실이나 팩트와는 무관하다.

육류 소비량 세계 1위인 미국에서도 이제는 점점 더 많은 의사와 영양학자들이 진실을 깨닫고 육류와 유제품을 멀리하길 권하고 있다. 업계의 저항은 만만치 않지만, 손바닥으로 태양을 가리는 데에는 한계가 있다. 가장 대표적인 단체는 닐 바나드 박사가 이끄는 '책임 있는 의료를 위한 의사회(PCRM:

Physicians Committee for Responsible Medicine)'로 국민들에게 진실을 알리는 데 앞장서고 있다. 아마존 베스트셀러인 『의사들의 120세 건강 비결은 따로 있다(How Not to Die)』를 쓴 마이클 그레거 박사도 최신 영양학 분야를 선도하는 전문가 중 한 명이다. 최신 영양학 연구 동향을 모아놓은 사이트 '영양학팩트(NutritionFacts.org)'를 운영하는 그는, 유튜브에서도 쉽게 찾아볼 수 있는 동명의 유명한 구글 강연에서 현대인이 죽는 열다섯 가지 원인을 꼽았다. 주로 심장질환, 암, 당뇨 등이었는데, 이중 열네 가지 병(나머지 하나는 교통사고)은 채식을 통해 회복하거나 개선할 수 있음을 역설한다.

꼭 권위 있는 의사나 영양학자를 들먹일 필요도 없이, 주위에서 조금만 찾아봐도 채식을 하면서 건강한 사람들의 사례는 많다. 상당히 오랫동안 육식 위주의 식단을 즐겨온 유럽인들도 괜찮은데, 본래 채식 위주의 식사를 해오던 한국인에게 문제가 될 리 없다. 게다가 멀리 가지 않아도 좋은 예가 있으니, 바로 사찰음식이다. 우리에겐 전국 방방곡곡의 절들에서 수백에서 수천 년째 채식의 전통을 이어온 수행자들이 있지 않은가?

물론 학계에 채식과 관련된 논쟁이 없는 건 아

니다. 내가 살펴보기에 논쟁은 대개 두 종류다. 첫 번째는 여전히 동물성 제품을 옹호하는 연구들이다. 그런데 이들 대부분은 축산, 낙농, 양계 업계나 관련 기업으로부터 지원비를 받은 연구라는 것을 확인할 수 있다. 그래서 요즘은 정식 발표된 논문이라 하더라도 반드시 어디서 지원을 받았는지, 이해관계가 있는 기관인지를 따져봐야 한다. 작은 데이터 조작이나 왜곡된 해석만으로 얼마든지 대중을 호도하는 결과를 만들어낼 수 있기 때문이다. 이들은 자신들의 사업과 이윤을 보호하기 위해 끝까지 대중을 혼란에 빠트리고 잘못된 정보를 흘릴 것이다.

두 번째는 채식이 건강에 좋은가 아닌가 차원의 논쟁이 아니라, 완전 채식이 좋은지 아니면 최대한 채식 위주이되 소량의 동물성 제품 섭취를 허용하는 게 좋은지에 관한 연구들이다. 그런데 여기에도 함정이 있다. "하루에 와인 한 잔이 심장병 예방에 효과가 있는가"라는 논쟁과 비슷하다. 옥신각신 말은 많지만, 와인을 매일 마시는 사람이 하루에 딱 한 잔만 마시는 경우가 드물다는 현실을 간과하면 안 된다. 담배도 마찬가지다. 일주일에 딱 한 개비를 펴도 여전히 폐암에 걸릴 위험이 있느냐는 연구 결과에 관심을 가지는 건 시간 낭비다. 현실이 그렇게 전개되지 않기 때문이다. 집착을 버리고 화끈하게 끊는 게 속 편하다. 병은 천 가지지만, 약은 한 가지다.

채식을 하면 건강할 순 있어도,
운동 능력은 떨어진다

그렇지 않다. 다행히 이젠 말로 설명할 필요가 없어졌다. 좋은 다큐멘터리들이 속속 만들어지고 있는데, 최근 제임스 카메론 감독이 제작에 참여한 〈게임 체인저스(The Game Changers)〉가 대표적인 예이다. 참고로 카메론 감독은 열렬한 비건 활동가이다. 비건 운동선수들을 집중 취재한 이 다큐는, 비건이 일반인의 건강에 좋은 것은 물론이고 최고 수준의 육체적 퍼포먼스를 요하는 운동선수들에게도 뛰어난 효과를 발휘함을 풍부한 사례를 들어 입증하고 있다. 마라톤, 철인 3종, 산악 트레킹같이 지구력을 요하는 운동은 물론 보디빌딩, 미식축구, 역도, 격투기처럼 폭발적인 순간 근력이 필요한 종목까지, 비건을 해도 아무 문제가 없을뿐더러 오히려 더 뛰어난 결과를 낼 수도 있음을 보여준다. 테니스 여왕 세레나 윌리엄스, "세계에서 가장 힘이 센 사나이"로 등극한 패트릭 바부미안, 현역 미국 최고의 역도 선수 켄드릭 패리스

같은 산증인들의 놀라운 사례는, 그야말로 백문이 불여일견이다.

이 다큐는 우리가 '남성적'이라고 부르는 것들의 의미에 대해서도 질문을 던진다. 누구 못지않게 남성적인 신체미를 뽐내지만, 전혀 마초적이거나 가부장적이지 않고 동물과 환경 그리고 자기 자신을 배려해 비건을 택하는 멋진 남성 운동선수들을 보면 과거의 남성성이 얼마나 낡고 진부한 개념이었는지를 깨닫게 된다.

드디어 올 것이 왔다. 채식과 건강의 관계를 화제에 올리면 사람들이 반드시 꺼내는 주제를 나는 이미 알고 있다.

단백질은 어디서 구하냐?

단백질 신화. 이토록 짧은 시간 안에 현대인의 의식 속에 단단히 박힌 신화도 없을 것이다. 거의 기계적으로 나오는 질문이다. 오늘날과 같은 황금만능주의 시대에 "돈을 무시할 수는 없다"는 표현이 천연덕스럽게 사용되듯이, 마치 우리에게 단백질이 대단히 부족한 것처럼 사람들은 거의 강박에 가까운 모습으로 이 영양소의 공급을 걱정한다. 적어도 한국을 포함해 대부분의 개발된 국가에서는 단백질이 부족해서 문제가 된 사례는 드문데도 말이다. 한국은 오히려 칠십대 이상을 제외한 전 연령에서 단백질 권고량을 초과하고 있는 것으로 나타났다(무리한 다이어트로 단백질 부족을 겪는 경우는 전혀 다른 문제니 제외하자). 단백질 과잉은 소화효소 낭비와 칼슘 등 미네랄 소모를 불러일으키고 세포의 대사와 교체, 재생을 지연시켜 인체의 생리 기능 유지와 면역 기능에 문제를 발생시킨다.

단백질은 채소, 곡류 등을 통해 얼마든지 섭취할 수 있다. 특히 콩 종류는 단백질 함유량에서 육류에 절대 뒤처지지 않는다. 대두의 경우는 육류보다 두 배는 더 많은 단백질을 함유하고 있다. 게다가 육류가 지방이나 포화 지방산을 포함하기 때문에 혈관염증을 일으키거나 혈당을 높이는 등 다른 문제점들을 함께 가져오는 데 비해 식물성 단백질은 훨씬 안정성이 높다.

단백질 흡수를 위한 필수아미노산에 있어서도 채식은 문제가 되지 않는다. 육류가 채소나 곡류보다 필수아미노산을 더 골고루 함유하고 있기 때문에 육식이 필요하다는 건 과거의 지식이다. 가령, 곡물 단백질과 콩 단백질은 서로 부족한 필수아미노산인 라이신(lysine)과 메티오닌(methionine)을 상호 보완해주므로, 한국인처럼 밥과 콩을 섞어 먹으면 저절로 완전 단백질이 된다는 것은 이미 밝혀졌다. 현미밥과 두부, 떡과 콩고물 같은 전통음식에 담긴 지혜에 놀라게 되는 대목이다. 지금의 우리는 조상들보다 미개하다! 그런데 미국심장협회는 한걸음 더 나아가 2011년에 다음과 같이 공식적으로 인정했다.

식물성 단백질만으로도 필수아미노산 및 비필수아미노산을 충분히 공급받을 수 있다. 통곡물, 콩과(科) 식물, 채소, 씨앗 및 견과류 등은 필수아미노산 및 비필수아미노산을 모두 가지고 있다. 식사를 할 때 이 음식들을 (단백질을 상호보완하기 위하여) 혼합할 필요도 없다.
_『어느 채식의사의 고백』, 121쪽

단백질 섭취 때문에 고기를 먹어야 한다는 주장은 고로 사실과 어긋난다. 특수한 기후대에 속하는 지역에 살아서 채소나 곡물 구경을 하기 어려운 지역 사람들에게는 해당될지 모르지만, 인구의 92퍼센트가 도시에 거주하는 한국인처럼 연중 다양하고 신선한 채소, 과일, 곡물을 구할 수 있는 경우엔 해당 사항이 없다.

현대 영양학에서 흥미로운 연구를 진행했다. 전 세계를 통틀어 백 세 이상 사는 사람들이 유독 많은 '블루존(Blue Zone)'들을 연구해본 결과 놀라운 공통점을 발견했다. 이들 지역 사람들이 모두 채식 위주의 식단을 유지했다는 사실이었다. 그중에서도 가장 '청정한' 오키나와 지방의 식단이 특히 흥미로웠는데 그들은 식사의 96퍼센트 이상을 고구마, 곡류, 콩 등 채식으로 해결했고, 해산물과 고기, 달걀 비율은 각각 1퍼센트 또는 그 이하였다. 동네잔치가 있을 때 한 번쯤 돼지고기를 맛보는 정도고, 유제품은 전혀 먹지 않았다. 그러나 최근 오키나와도 서구화의 영향으로 식문화가 변질되면서 햄버거 같은 패스트푸드가 유행하고 있다. 그 결과, 일본에서 가장 낮은 체질량지수(BMI)를 자랑하던 날씬한 오키나와인들이 불과 두 세대 만에 가장 뚱뚱한 축에 분류되는 등 건강 악화 조짐을 보이고 있다는 쓸쓸한 소식이다.

다른 동물들만 봐도 안다. 고릴라, 코끼리, 코뿔소, 하마, 소, 말의 공통점이 뭘까? 이미 내 말의 뜻을 눈치 챘을 것이다. 그렇디. 힘이 센 것과 육식은 아무 관계가 없다.

그럼 채식하면 무조건 건강해지겠네?

당연히 아니다. 어떤 채식인지가 중요하다. 기름에
튀긴 감자칩만 먹고 콜라만 마셔도 채식은 채식이다.
육식도 매일 삼겹살만 먹는다고 생각해보라. 나쁜 습
관은 어떤 식단을 택하느냐와 무관하게 나쁘다. 필요
한 영양소를 잘 챙기는 것은 모든 식습관에 해당되는
철칙이리라. 채식이 건강의 모든 걸 해결해줄 거라는
환상은 위험하다. 스트레스, 휴식 부족, 공기 오염과
환경호르몬 등 건강을 위협하는 요소는 수두룩하다.

좋은 비건 식사의 예가 뭔가?

곡식류, 채소류, 콩류, 과일류가 골고루 섞인 모든 식
사이다. 특히 최소한으로 도정한 곡식과 녹말 음식,
푸른 잎 채소와 콩류가 중요하다. 그래야 건강하고
맛있는 식사가 완성된다. 비건 레시피를 설명하려면
따로 책이 한 권 필요할 것이다.
　　나는 평소에는 주로 현미밥, 고구마, 푸른 채소
샐러드, 각종 나물 종류, 두부류, 김, 비건 이탈리아
파스타류, 스무디, 호두와 같은 견과류를 즐겨 먹는
다. 한식으로는 보리밥, 청국장, 된장찌개, 열무국수,

동치미로 맛을 낸 냉면, 들깨탕이나 국수, 달걀을 뺀 콩국수, 메밀국수, 감자전이나 녹두전, 도토리묵, 우엉잡채, 버섯매실탕수, 물김치, 더덕구이 등을 좋아한다(단, 국 종류는 식당에서 멸칫가루 등을 넣는 경우도 있으니 확인이 필요할 듯하다). 외국식 중에는 다양한 인도 카레 특히 렌틸콩 종류, 후무스나 팔라펠, 비건 베트남 요리나 태국 요리, 중국식 가지나 청경채 요리, 멕시칸 과카몰리 등을 즐긴다.

어린이나 노인에게는 위험하다

영양학에서 세계적인 권위를 인정받는 미국영양학협회, 영국영양학협회, 호주영양학협회에서는 균형 잡힌 채식(비건 포함)이 영양학적으로 적합하며, 전 연령 그리고 삶의 모든 단계(임신, 수유 단계를 모두 포함)에서 안전하다고 공식 발표했다. 내 주위에서도 비건으로 튼튼하게 성장하는 아이들을 직접 목격할 수 있다. 종교나 정치관처럼, 식생활에 있어서도 아이에게 선택의 기회를 줘야 한다. 아이가 동물성 음식을 거부할 때 많은 부모들이 건강을 염려한답시고 소중한 마음 씀씀이를 말살해버린다. 무지에서 비롯된 이런 행동은 아이에게 큰 상처가 되며 성격 형성에

트라우마처럼 작용할 수 있다. 오히려 어른들이 이런 아이들에게서 배울 일이다. 올해로 98세 생일을 맞이한 로이 버턴이라는 한 영국인은, 공장식 축산 문제를 알게 된 후 30년이 넘게 비건을 하면서(그전에도 한평생 베지테리언이었음) 유일한 불만이 있다면 "일찍 못 죽는 것"이라고 농담을 했다.

비건은 비싸

김밥도 야채김밥이 가장 싸고, 피자도 야채피자가 가장 싸다. 마트에 가면 보통 육류나 해산물이 농산물보다 비싸다. 식당에서도 고기나 스테이크, 생선 요리나 회가 비싸다. 비건이 돈이 많이 든다는 생각은 안 해본 사람들이 갖는 편견이다.

비건들이 대개 건강과 식재료에 신경을 쓰다 보니 평균보다 깐깐하게 장을 보는 경향이 있긴 하다. 알면 알수록 조금이라도 좋은 재료를 찾게 되어 있고, 그러다 보면 유기농 식품을 선호하게 되는 등, 본의 아니게 비싼 제품에 손이 가기도 한다. 그러나 이는 건강에 관심이 많아져서 생기는 현상이지 꼭 비건이라서가 아니다. 질 좋은 농산품을 제값 주고 사는 소비 습관은 길게 보면 경제적으로 상당히 현명한 선택이다. 심장병이나 항암 치료 때문에 퇴직금이나 노후자금을 날리는 상황을 생각해보라. 좋은 농산품에 쓰는 돈이 아깝다는 사람들이 고기와 술, 담배에 허용하는 씀씀이는 얼마나 헤픈가.

비건은 비싸기는커녕 가장 싸다. 나의 가계부가 증명해준다. 특히 제대로 된 비건을 하면, 가공식품을 거의 사지 않기 때문에 지출이 상당히 줄어든다. 일부 비건 식당들이 싸지 않은 건 사실이다. 그러나 이것도 외식 시장의 평균 가격을 보면 결코 더 비싸지 않다. 우리나라에서 제법 근사한 파스타 집에서 두 명이 먹으면 4만 원쯤 나온다. 불고기 한정식 집도 2인 세트에 보통 그 정도다. 국내에서 가장 맛있는 비건 식당 중 하나로 알려진 이태원의 '플랜트'를 가면, 두 명이 메인 요리를 하나씩 시켜도 3만 원이 채 안나온다. 그리고 이 가격 역시 현재 비건 식당의 희소성 때문에 형성된 측면이 크다.

앞으로 비건 버전의 '김밥천국' 같은 대중형 저가 채식 체인점이 나오기를 나도 간절히 바란다. 비건 열풍이 부는 영국의 경우엔 싼 비건 제품들이 쏟아져 나오고 있기 때문에 가격 경생력도 점점 좋아지고 있다. 내가 살던 유럽의 변방인 포르투갈에도 맛있는 뷔페형 중저가 채식 식당들이 늘고 있다. 싸고 맛있는 비건 식당이 골목마다 생기는 '꿈'은 수요만 늘면 언제든지 현실화될 수 있으니, 수요를 창출하는 게 관건이다.

햄버거가 얼마나 싼데

정말 그럴까? 햄버거의 '진짜' 가격을 알아볼까? 햄버거 한 개를 먹는 것은 자동차로 515킬로미터(서울에서 부산 간 거리)를 운전하는 것에 버금갈 정도로 기후와 환경에 큰 부담을 준다. 그런데 축산업은 정부로부터 분뇨, 폐수 처리 등 각종 명목으로 거액의 보조금을 받고 있다. 생각해보면 말도 안 되는 일이다. 왜 정부는 국민 건강에 더 좋은 음식, 가령 유기농 농산물에 보조금을 지급하고 육성하지 않는가? 서민들도 값싸고 질 좋은 유기농 식품을 먹을 수 있도록 말이다. 보조금이 없다면 고기 값은 훨씬 비싸진다. 네덜란드의 한 연구소(CE Delft)의 2018년 연구에 의하면 육류의 '실제 가격'을 책정해보니 돼지고기는 53퍼센트, 소고기는 40퍼센트, 닭고기는 26퍼센트씩 각각 더 비싸져 평균 두 배가량 값이 오른다고 한다. 이래도 채식이 비싸다고 말할 수 있을까?

　생선도 마찬가지다. 한국은 생선 가격이 최근에

올랐지만 아직도 상당히 싼 편이다. 남획으로 씨가 말라가기 때문에 점점 더 비싸질 수밖에 없으니, 우리가 현재 목도하는 가격이 진짜 가격이라고 말할 수 있다. '금징어'로 불리는 오징어나 낙지, 주꾸미 등 해산물도 예외가 아니다.

비건은 잠깐의 유행일 뿐이야

2016년에 구글 전 회장이자 현 알파벳(구글의 지주회사) 회장인 에릭 슈미트는 미래를 선도할 6대 첨단 기술 트렌드 중에 첫 번째로 식물을 원료로 하는 육류 대체 식품기술을 꼽았다. 대안 고기 시장은 눈부시게 발전하고 있어, 심지어 세계 최대 육류 기업 타이슨 푸드까지 뛰어들었다. 타이슨 푸드의 CEO 톰 헤이즈는 폭스 비지니스와의 2017년 인터뷰에서 대안 고기 시장에 미래가 있음을 인정했다. 이미 유제품 시장에서는 두유, 아몬드유, 오트밀유, 코코넛유 등 대안 우유들이 하루가 다르게 점유율을 늘려가고 있다. 위협을 느낀 낙농업계는 경쟁사들이 '~유(乳)'라는 말을 쓰지 못하도록 로비하는 등 안산힘을 쓰고 있으나, 이름과 무관하게 판매 실적은 고공행진 중이다. 미국에서는 지난 5년간 대안 우유 판매가 61퍼센트 증가했으며, 같은 기간에 우유 판매는 15퍼센트나 감소했다.

나는 앞으로 사람들이 원하든 원치 않든 세상은 점점 비건적인 방향을 추구할 것으로 전망한다. 물론 누군가는 계속 '정크 육류'를 먹겠지만, 의식 수준이 높아지면서 잔인한 착취 과정을 거쳐 생산된 항생제 덩어리를 기피하는 사람들이 늘어날 수밖에 없을 것이고, 그렇게 되면 큰 흐름은 점점 과학과 임상이 증명하는 방향, 즉 채식 위주로 갈 수밖에 없다.

치즈는 왜 문제인가?

성인이 되어도 여전히 젖을 먹는, 그것도 다른 동물의 젖을 빼앗아 먹는 동물은 인간이 유일하다. 우유는 누구를 위한 것인가? 두말할 것도 없이 송아지다. 그러나 인간은 이 자명한 이치를 무시하고 다음과 같은 방법으로 소로부터 우유를 착취한다.

먼저 소를 강제로 임신시킨다. 한 손은 소의 항문을 통해 직장 안으로 집어넣고, 한 손으론 성기 안으로 인공수정 관을 자궁 입구까지 억지로 밀어 넣는다. 이때 암소가 반항하지 못하도록 거치대에 결박시키는데, 외국에서는 일부 업자들이 이 장치를 '강간대(rape rack)'라고 불렀다.

THIS IS MILK

　　임신이 되면 그때부터 철저한 착취가 시작되는데, 그중에서도 최악은 갓 낳은 송아지를 어미에게서 빼앗는 행위이다. 송아지가 먹을 우유를 인간이 독차지하기 위한 만행이다. 아이를 빼앗기지 않으려고 쫓아가다가 가로막혀 망연자실하게 우는 어미 소의 영상만 한두 편이 아니다. 엄마와 아이의 유대관계가 뭘 의미하는지 아는 여성들이 이 대목에서 특히 분노한다.

　　그렇게 납치한 어린 송아지는 따로 격리한다. 암컷은 엄마가 밟은 고문의 전설을 그대로 밟고, 수컷은 근육이 발달되지 못하게 꼼짝도 못할 정도의 좁은 우리에 가둔다. 연한 송아지 고기로 팔아먹기 위해서이다. 어미 소에게는 기계를 부착해 매일 악착같이 우유를 짜내는데, 이 전 과정이 너무도 고통스럽고 스트레스가 커서 젖소는 원래 수명인 약 25년을 한참 밑도는 4~5년 만에, 자기 발로 설 힘도 없을 정도로 만신창이가 된다. 더 이상 착취할 것이 없으면 곧장 도살장으로 보내진다. 가히 악마적이라고 할 수 있는 이 행동을, 우리는 조금의 가책도 없이 1년 365일 동안 일상적으로 저지르고 있다.

우유는 대안 제품도 다양해 두유, 아몬드유, 헤이즐넛유, 오트밀유, 쌀우유 등이 있다(아직 우리의 마트들에는 옵션이 제한적인 게 사실이다). 이렇게 한쪽에서는 지옥이 가동되고 있는데 단지 "입맛에 좀 안 맞아서" 나와 있는 대안까지 외면하겠다면 양심이 마비된 건 아닌지 한번 돌아봐야 한다.

나도 처음에는 우유의 진실을 몰랐다. 소를 키우는 친구의 작은 농장에 놀러가서 소젖을 직접 짜보기도 했다. 실제로 소는 젖이 남아돌기 때문에 좀 짜주는 게 오히려 좋다고 한다. 송아지가 실컷 먹고 남는 우유를 짜서 소비한다면 뭐가 문제가 되겠는가? 우유를 아주 가끔씩 별미로 마신다면, 이런 작은 농가의 모델이 지속가능할지도 모르겠다. 그러나 이는 현재의 소비 규모를 수백, 수천 배 이상으로 줄여야 비로소 가능할 것이다. 그래서 내 경우는 간단히 끊어버리기로 했다.

우유는 건강에 좋다

우유를 마셔야 뼈가 튼튼하다! 우유업계가 우리를 잘도 속여왔다. 얼치기 영양사들도 한몫했다. 전 세계에서 우유 소비량이 가장 많은 나라(스웨덴, 노르웨이, 미국, 독일, 핀란드 등)일수록 대퇴골 경부 골절이 가장 많았다. 최근에는 이들 나라의 우유 소비가 정체되면서, 골절 환자 수도 높은 수준에서 안정세로 들어섰다고 한다. 우유와 동물성 단백질을 적게 먹는 나라일수록 국민들이 더 건강한 뼈를 가지고 있다. 이를 일컬어 세계보건기구는 '칼슘 패러독스'라고 칭한 바 있다. 저명한 영양학자 콜린 캠벨은 『무엇을 먹을 것인가』에서 식생활이 서구화되기 이전의 중국에 관해 연구를 했는데 이 역시 위의 결론을 뒷받침했다.

우유란 무엇인가? 단시간 내에 송아지가 열 배 이상 성장하도록 하는 특수한 목적을 가진 물질이다. 성장을 미치면 송아지도 더 이상 마시지 않는다. 우유에는 칼슘도 있지만, 인도 그만큼 많다. 그러므로 흡수한 만큼 칼슘이 많이 빠져나가기도 한다. 우유에

함유된 지방, 콜레스테롤은 과민성 대장질환이나 알레르기질환을 증가시킬 수 있으며, 인슐린유사성장인자(IGF-1)에도 위험 요소가 있다. 우리가 아는 기존의 건강/영양 상식들에 얼마나 많은 과장이나 허위광고가 있고 이를 연관 업계가 얼마나 무책임하게 이용해왔는지, 알면 알수록 화가 날 지경이다.

달걀은 또 왜?

달걀 산업은 말 그대로 달걀의 대량생산에만 관심이 있기 때문에, 닭은 생명을 가진 존재가 아니라 생체 기계일 뿐이다. 그러다 보니 수탉은 아무 쓸모가 없다. 그래서 끔찍한 일이 벌어진다. 수컷으로 감별 받은 병아리는 예외 없이 죽인다. 그것도 산 채로 그라인더에 갈아버리거나 질식사시킨다. 어린 병아리를 말이다. 어릴 때 누구나 한 번쯤 병아리를 사랑스럽게 바라본 기억이 있을 것이다. 이때의 병아리는 말할 것도 없이 소중한 생명이다. 우리의 탐욕과 수지타산 때문에 이 어린 생명을 그라인더에 수천만 마리씩 갈아서 죽이는 일은 상상도 못해봤을 것이다. 그러나 이 모든 게 달걀을 소비하는 당신 때문에 일어나는 일이다.

THIS IS EGG INDUSTRY

이 잔인한 장면을 보고도 이 산업의 유지를 위해 매일 돈을 지불하겠다고 한다면, 나는 할 말을 잃고 당신의 얼굴만 무력하게 쳐다봐야 할 것 같다.

뿐만 아니다. 원래 자연 상태에서는 10~20개의 달걀을 낳는 닭은 공장식 축산에서 200~300개를 낳도록 강제된다. 그래서 약 45퍼센트의 양계들이 골절상을 입는다고 한다.

달걀이 몸에 좋다는 신화도 이제 깨질 때가 됐다. 세계보건기구 기준으로 하루당 권장 콜레스테롤이 300mg인데 달걀 하나에만 약 240mg의 콜레스테롤이 들어 있다. 그래서 미국식품의약국(FDA)은 달걀업계의 거센 로비에도 불구하고 공식적으로 "달걀이 건강에 좋다"는 말을 표기하지 못하도록 규정하고 있다. 허위 광고가 되기 때문이다. 국내의 살충제 달걀 파동처럼 미국에서도 2018년에만 살모넬라균에 감염된 달걀을 2억 개 이상 리콜하는 사고가 발생하는 등 끊이지 않는 위생 문제도 간과할 수 없다. 살모넬라균은 주로 쇠고기와 가금류, 달걀과 같은 동물성 식품의 오염을 통해 감염되는데, 이 균으로 매년 미국에서만 약 120만 건의 질병, 2만여 건의 입원과 450건의 사망이 초래된다고 한다.

생선과 해산물은 문제없다

육지를 이 지경으로 초토화시킨 우리가 바다에서 모범적일 리는 만무하다. 지켜보는 눈이 없으니 오히려 더 마구잡이다. 유엔식량농업기구(FAO)에 의하면 현재 세계 어장의 87퍼센트 이상이 남획 또는 고갈된 상태이다. 상어, 고래 등의 상위 포식자의 90퍼센트도 어업에 의해 사라졌다. 이대로 간다면, 30년 후에는 밥상에 생선이 오르지 못할 것이라는 연구 결과도 있다. 우리 연근해도 남획으로 생선 씨가 마르고 있다. 명태, 조기, 오징어, 주꾸미, 낙지, 멸치 모두 씨가 말랐거나 개체군 붕괴 위기를 앞두고 있다. 필수 영양제로 과대 포장된 동물성 오메가-3 건강보조제품 때문에 남극해의 크릴도 남획되고 있어 극지 생태계까지 위기를 맞고 있다.

한국은 명태 알배기를 좋아해 오호츠크해 부근 수역에서 남획을 자행하다 씨를 말려버려 20년이 지난 지금까지도 어장이 회복되지 않고 있다. 참조기도 탐닉하다가 국내산의 씨를 말리고 가난한 서아프리카인들의 생계가 걸린 수역까지 들어가 불법 어업을 저지르다 미국과 유럽으로부터 '불법 어업국' 경고를 받는 등 국제적 망신을 당했다. 결국 어류와 해산물을 즐기는 건 이런 사태를 더욱 악화시키는 일이다.

생선은 몸에 좋을까? 생선은 몸에 좋은 오메가-3 지방산이 풍부하지만, 동시에 해양오염 때문에 수은 등의 중금속 오염, 미세 플라스틱 오염에 노출되어 있다. 또한, 생선은 저지방으로 알려져 있으나, 예를 들어 연어(52퍼센트)와 쌀(2퍼센트)을 비교해보면 지방 비율이 식물성보다 월등히 높다. 그중 15~30퍼센트는 포화지방이고, 이는 간에서 콜레스테롤을 더 생산하도록 자극한다. 생선에 많은 콜레스테롤은 섭취가 증가할수록 동맥이 막힐 위험이 증가

한다. 광고된 바와는 달리, 생선 기름은 심장질환 예방에 도움을 주지 않는다는 것이 연구를 통해 밝혀졌다. 오히려 혈당을 높이고 비만을 유발할 수 있다. 식물성이면서 오메가-3가 풍부하고 중금속 오염이 없거나 훨씬 적은 들깨, 미역, 시금치, 아마 씨, 호두, 올리브 오일 등을 추천한다.

새우는 왜?

폭발적인 새우 수요 때문에 베트남 등 동남아 지역 생태계의 보고인 맹그로브 숲이 무시무시한 속도로 파괴되고 그 자리에 새우 양식장이 들어서고 있다. 또, 새우를 잡다가 덩달아 혼획(混獲, bycatch) 당해 죽는 생물들이 하도 많아서, 새우 한 마리를 먹으면 최소 세 배에서 많게는 열다섯 배 정도 되는 생물들을 함께 죽이는 결과를 낳는다. 어업 전반에서도 혼획으로 죽는 생물들이 너무 많아 처치 곤란 지경이다. 이중 상당수는 그대로 바다에 버려지고, 나머지는(이만 해도 엄청난 양이다) 갈아서 가축들에게 먹인다. 그래서 현재 지구상에서 인간을 제외하고 수산물을 가장 많이 먹는 동물은 축산 돼지라고 한다.

심지어 믿던 양식까지?

양식이 마치 자가 발전하는 어류 생산 기계라고 착각하는 사람이 많다. 양식 생선의 사료가 뭐겠는가? 생선이다. 위에서 말한 혼획된 값싼 생선을 갈아서 생사료를 만든다. 특히 양식하는 생선들 중에 상당량을 차지하는 연어나 참치는 상위 포식자이기 때문에 많은 양의 생선 사료를 필요로 한다. 이렇다 보니 양식도 결국 야생, 즉 바다 생물에 의존하고 있다. 양식이 지속가능한 미래의 모델이라는 생각은 환상에 지나지 않는다.

밀집사육 때문에 일어나는 양식장 주변의 바다 오염도 심각한 수준이다. 또 값싼 스티로폼 부표 등 관련 쓰레기 때문에 연안 생태계가 신음하고 있다는 건 바다에 자주 가는 사람들은 누구나 안다. 양식 어류 자체의 오염 및 질병도 큰 문제다. 얼마 전에 터진 양식 광어의 중금속 오염 문제도 이런 면에서 충분히 예견되었던 일이며, 앞으로도 재발될 수밖에 없다.

강을 거스르는 연어의 힘찬 몸짓은 옛날이야기이다. 양식 언어 역시 다량의 항생제 투여 없이는 안정적인 생산과 관리가 불가능하며, 광고에 등장하는 먹음직한 오렌지 빛 색깔도 색소를 주입한 것이다.

몸에도 좋고 친환경적인 수산물은 옛날얘기가 되어 버렸다.

두유나 두부 때문에
아마존의 밀림이 파괴되는 거야

사실무근이다. 대두 재배 때문에 많은 밀림이 파괴되고 있는 것 자체는 사실이다. 아마존의 경우 벌목의 90퍼센트 이상은 무엇 때문에 일어날까? 비건들이 먹는 두유와 두부 때문일까? 천만의 말씀. 소 목초지 확보 및 축산 사료를 위한 작물 재배, 즉 햄버거와 소고기 등 육류 때문에 일어나는 일이다.

육류 생산은 가축 사료를 위해 가공할 만한 양의 대두 생산을 필요로 하고, 그 때문에 갈수록 많은 재배 면적을 필요로 해 광범위한 벌목을 초래한다. 자연의 커다란 희생을 치르고 생산한 대두를 낭비하는 대단히 비효율적인 방식이다. 그래서 대두를 최대한 적게 먹는 가장 좋은 방법은 대두를 직접 먹는 것이라는 말이 나오는 것이다. 바꿔 말해서, 햄버거에 열광하는 세계인들이 비건이 된다면 아마존 밀림 파괴는 멈출 수 있다.

아스파라거스와 아보카도 재배도 환경을 망친다

육식이 환경에 끼치는 영향에 비하면 규모가 훨씬 적지만, 이런 작물의 대량 재배와 수출/수입은 확실히 환경적인 문제가 있다. 그래서 앞서 팜유 이야기도 꺼낸 것이고 커피도 마찬가지다. 환경적인 측면에서 가장 이상적인 식생활 방식은 비건과 로커보어(locavore, 지역먹거리주의자)를 섞은 형태일 것이다. 나도 아스파라거스, 퀴노아, 아보카도가 맛있긴 하지만, 그보다는 지역에서 구할 수 있는 식품 위주로 먹는 편이다.

'B12'는 어떻게 하나

유일하게 식물에서 얻을 수 없는 비타민이 B12이다. 아주 적은 양을 필요로 하지만 절대 무시해서는 안 되는 중요한 영양소이다. B12는 특정 박테리아에 의해서만 생산되는데, 원래는 흙 속이나 바닷물에 있어서, 동물들도 식물을 흙에서 뜯어먹으며 자연스럽게 섭취했다. 현대에는 위생과 살균 기준이 강화되면서 유통 과정에서 식물성 식품에서 토양이 깨끗이 씻겨 나가기 때문에 자연스러운 방식으로 섭취하기 힘들어졌다.

다행히 한국인은 김치와 같은 발효 식품이나 김과 해조류를 통해 B12를 구할 수 있어서 염려할 필요가 없다. 단, B12는 섭취뿐만이 아니라 실제 흡수량이 중요한데, 건강한 위와 장 환경이 아니고서는 흡수가 어렵다. 그래서 비건뿐만 아니라 육식주의자에게도 B12 결핍증이 흔히 발견된다. 사과 식초나 레몬즙을 식전에 섭취하면 도움이 된다. 그래도 흡수율이 개선되지 않으면 별도로 B12 비타민을 복용하는 것도 쉬운 방법이다.

B12는 인체에 저장이 되기 때문에 성인들은 걱정을 안 해도 몇 년은 가지만, 아직 한 번도 검사를 해본 적이 없다면 비건을 시작할 때 검사를 해서 수치를 확인하고, 약 2~3년 후에 다시 검사해 균형 잡힌 식생활을 하고 있는지 확인해주는 것도 좋다.

생선을 먹고 살아야 하는 에스키모는 어쩌란 말이냐

나는 지금 도시, 그것도 대도시에 살고 있는 다수의 한국인들에게 말하고 있다. 지구생태발자국네트워크(GFN)의 계산에 따르면, 한국 도시인들의 평균적인 생활 방식을 유지하려면 지구가 약 3.3개가 필요할 만큼 우리는 생태 발자국이 크다. 즉, 자원 소비량이 많다. 우리의 책임이 그만큼 크기 때문에 행동도 더 많이 요구되는 것이다. 또한, 우리는 식물성 음식들이 풍부하게 생산되는 지역에 사는 행운을 누리고 있다. 에스키모(이누이트)나 유목민처럼 극한 기후에서 사는 사람들에겐 비건을 권하기 어려울 것이다. 그러나 지금껏 전통적인 생활방식을 고수해온 소수민족들도 서구화된 패스트푸드의 영향을 점점 더 많이 받고 있어 건강을 위해서라도 변화는 요구될 전망이다.

육식은 전통이고 문화이므로 바꿀 수 없다

인종차별, 계급제도, 노예제도, 성차별 모두 문화이고 전통이었다. 일부는 현재도 이어지고 있다. 전통과 문화는 고정되고 정체된 개념이 아니다. 지금의 전통이 당시에는 혁신이기도 했다. 나날이 변화하는 인간사에서 전통과 문화 역시 끊임없이 변화한다. 전통이나 문화라고 해서 마냥 변화를 거부할 순 없고, 그 자체로 정당화될 수도 없다. 가치관이나 윤리의 변화에 따라 변모된 전통과 문화의 사례는 수도 없이 많다. 인류사 자체가 엎치락뒤치락하는 전통과 문화의 역동적인 각축장이다.

　　동물과 자연환경에 관한 지금의 전통과 문화는 우리가 그에 대해 굉장히 무지했을 때 형성된 것들이 많다. 오히려 고대에는 자연과 조화를 이뤄 살아가는 지혜라도 있었지만, 산업화 이후 우리는 조상의 지혜조차 대부분 잃어버렸다. 다행히 과학의 발전에 힘입어 우리는 자연에 대한 보다 방대하고 정확한 지식을 축적하게 되었다. 또, 자연의 혜택을 누렸기 때문에 이제는 책임을 져야 한다. 현대의 지식과 생태적 상황에 맞는 새로운 전통과 문화가 요구되는 것은 당연한 일일 뿐만 아니라, 반드시 필요한 일이다.

　　보신탕이 좋은 예이다. 과거에 식량 부족으로 어쩔 수 없이 생겨난 식문화라고 해서, 현재 변화된 삶의 조건에 반드시 필요할까? 오히려 해가 되고 있는 건 아닐까? 과거의 향수에 젖어 문화를 그 모습 그대로 지키려고 고수만 할 것인지, 변화하는 지식과 윤리에 맞춰 새로이 창조할 것인지는 우리의 선택과 의지에 달려 있다.

인간은 동물의 주인이고, 동물보다 우월하므로 마음대로 해도 돼
동물은 우리가 쓰라고 존재하거든

말도 안 되는 헛소리다. 아직도 이런 낡은 사고방식을 가르치는 종교가 있다고 들었는데, 사실이 아니길 바란다.

비건이 되면 그 많은 동물들은 어디로 갈 거냐

하루아침에 모두 비건이 되면 참 좋겠지만, 그렇게 될 리는 없다. 가장 낙관적인 비건도 그런 천지개벽을 기대하진 않는다. 점차적으로 수요가 줄면, 강제로 동물들을 임신시키는 비율도 줄어들 것이니 점진적으로 전체 축산 동물 숫자가 줄어들 것이다. 아마 노예해방 때도 반대론자들은 이런 걱정을 유포하려 했을 것이다. 이 많은 노예들을 해방시키면 엄청난 혼란이 올 것이라고. 하지만 바보가 아니라면 알았으리라, 그들이 정말로 그 걱정 때문에 해방에 반대하는 게 아니라는 걸. 어쨌든 사후 대책 때문에 해야 할 일을 미룰 수는 없다. 제발 바라건대 이 걱정을 진지하게 할 날이 왔으면 좋겠다. 지금 현재는, 시기상조

중에도 시기상조인 걱정이다.

모두 비건이 되면
축산업계 종사자들은 뭘 먹고 사나

위와 같은 논리다. 점진적인 출구 전략을 모색해야
할 것이다. 우리는 제조업에서는 사양산업이 생기고
대안산업이 대두되는 업종 전환을 당연시한다. 브라
운관 TV가 평면 TV로 교체되면서 피해를 보는 중소
기업들에 대해서는 눈 하나 깜짝하지 않았고, 카세트
테이프와 CD의 시대가 저물고 모든 게 디지털화 되
면서 문을 닫아야 했던 하청업체들에 대해서도 매정
할 정도로 동정론이 없었다. 오히려 변화를 빨리 쫓
아가지 못하는 이들이 비판을 받았다. 기술/제조업이
업종이나 아이템을 바꾸듯이 농장도 바뀔 수 있는데,
유독 농장에만 감상적인 접근을 하는 건 또 하나의 편
견이다. 마치 담배업계와 관련 종사자의 생계를 고려
해서 금연을 하면 안 되고, 금연 운동도 자제해야 한
다는 논리이다.

농장의 목적은 식품 생산에 있지, 반드시 특정
동물종을 고집해야만 하는 이유는 없다. 소비자 주도
형 시장 변화가 이뤄지면서 자연스럽게 업종 변환이

유도되면 농장주들은 변화의 수혜자가 될 수도 있다. 실제로 해외에서는 시장의 압박이 오기도 전에 이미 축산업의 문제를 일찍이 깨닫고, 유기농 농업으로 바꾼 농부의 이야기들을 종종 접할 수 있다. 사례마다 성공의 정도에는 차이가 나지만, 모두들 삶의 질이 전보다 훨씬 향상되었다는 데 동감한다. 이런 고무적인 사례를 더 많이 발굴해, 국내에도 널리 알릴 필요가 있다.

비건은 여성의 전유물이다

통계적로만 보면 언뜻 사실처럼 보인다. 여성들이 평균적으로 남성보다 타자에 대한 공감 능력이 뛰어난 것은 잘 알려진 사실이다. 남성들이 부끄러워해야 할 대목이다.

과거 여권신장을 주장할 때마다 보수주의자들이 늘 하던 얘기가 있었다. 여자들이 모두 일을 하기 시작하면 결혼을 안 할 수도 있는데, 그렇다면 아이는 누가 키우며 가정은 어떻게 유지되느냐 등등. 그렇다면 여성은 아이의 교육과 사회의 출산율을 위해 일방적으로 희생당해야 하나? 그런 인프라가 모두 갖춰지면 그제야 여성의 사회 진출을 보장하겠다는 말

인가? 기시감이 들지 않는가? 위에 언급한 육식주의
자들의 논리와 똑같다.

성차별, 인종차별, 종차별 모두 피지배 대상은
달라도, 억압을 작동시키는 원리가 섬뜩할 정도로 닮
았다. 그래서 최초의 인종차별 철폐주의자 중 많은
이들이 동물보호주의자였던 것도 우연이 아니다. 흑
인 인권 운동가이자 페미니스트인 킴벌리 크렌쇼 같
은 학자는 일찍이 '교차성(intersectionality)'이라는
용어를 도입해 억압정치에 맞서는 해방정치를 위해
지배 이데올로기의 공통점들을 다각도로 비교 분석
하는 작업을 했다. 이 이론에 비거니즘을 접목시키는
흑인-여성-비건-페미니스트 연구자도 있다. 이미
고전이 된 책『육식의 성정치』에서 저자 캐럴 아담스
는 채식주의와 사회운동의 연관성을 깨닫지 못하는
페미니스트들을 보고 혼란스러워하며, 여성과 동물
에게 가하는 학대 그리고 그 폭력을 정당화하는 논리
의 유사성을 날카롭게 지적한다. 그녀에게 "페미니즘
이 이론이라면 채식주의는 실천"이다. 단, 이 모든 담
론이 남성 비건이 적은 현상을 합리화해줘서는 안 된
다. 남성들은 분발해야 한다.

동물은 고통을 못 느낀다

다행히 요즘은 이런 얘기를 하는 사람이 (거의) 없다.

식물은 생명 아닌가

비거니즘의 목표는 고통의 최소화에 있다. 제러미 벤담은 일찍이 동물권리를 설명하면서 이런 말을 했다. "중요한 질문은 동물들이 이성을 가지고 있는가, 말을 하는가, 가 아니다. 그들이 고통을 느낄 줄 아는가, 이다. 만약 어떤 존재가 고통을 느낀다면, 그 고통을 고려하지 않는 행동은 정당화될 수 없다." 우리가 과학적으로 고통이라고 정의하는 것은 신체의 통점과 중추신경계를 통해 전해진 자극이 뇌에서 종합되는 아프고 불쾌하고 피하고 싶은 감각이다. 같은 생명이라도 뇌와 중추신경계, 통점이 없는 식물이 이런 종류의 고통을 지각하고 분석해 처리한다고 생각할 해부학적 근거는 없다. 우리가 고통을 지각하지 못하고 의식이 없는 상태의 인간을 식물인간이라고 부르는 것은 이 때문이나. 만약 식물에게도 고통이 있다면 그것은 차원이 전혀 달라서 우리가 알지 못하고, 아직까지 과학으로 설명할 수 없는 종류의 고통일 것이다.

동물과 식물은 근본적으로 다르다. 동물의 사전적인 의미부터, 불쾌한 자극에서 야기되는 고통을 피해 장소 이동이 가능한 생물체라는 뜻을 지닌다. 움직이는 동물과 움직이지 못하는 식물이 같은 고통 체계를 갖추고 있다면 이는 진화적으로도 설명하기 힘들다.

고통을 느끼는 식물도 있다

억지처럼 들리지만 이 주장을 하는 사람들은 회심의 지적이라고 생각한다. 그래서 한 번쯤은 성실히 답해 줄 필요가 있다. 귀찮다고 상대도 안 하면, 답을 피한다는 인상을 주기 때문이다.

식물 중에 자극에 반응하는 식물도 있다(일각에서는 물도 자극에 반응한다고 한다). 미모사는 건드리면 움츠리고, 애기장대는 곤충으로부터 위협을 감지하면 독성 물질을 분비한다. 그러나 이는 고통을 인지했다기보다 자극-반응 메커니즘에 가깝다. 식물도 반응은 하지만 뇌에서 상황 판단을 해서 응답하지는 않는다. 가령, 끈끈이주걱(식충식물)은 파리든 담뱃재든 똑같이 반응한다. 소라면 동일한 자극을 줬을 때 먹을 것과 아닌 것을 판별한다. 이처럼 식물의 반응 기제와 동물이 뇌와 중추신경계를 통해 고통을 느끼고 대응하는 수준과는 현격한 차이가 있다.

물론 이것이 식물을 함부로 다뤄도 좋다는 논리로 이어지는 것은 아니다. 식물도 당연히 아끼고 보존해야 한다. 동물을 함부로 다루는 사람은 식물에게도 그럴 확률이 높다. 다만 아직까지 인류는 식물을 섭취하지 않고는 생존할 수가 없다. 그런 기술은 발명되지 않았다. 실제로 비건보다 한 단계 더 나아가 과일만 먹는 '과일주의자(fruitarian)'들도 있으나, 이는 아직 건강학적으로 문제가 있는 것으로 보인다. 그러나 동물 없이는 얼마든지 가능하다는 게 이미 입증되었다. 우리는 현재 가능한 것부터 실천하면 된다. 먼 훗날, 만약 식물의 고통을 증명할 수 있고, 식물을 먹지 않고도 생존할 수 있을 날이 온다면, 아마 가장 먼저 열린 마음으로 이 변화를 수용할 사람들도 비건이 아닐까 한다. 육식주의자들은 그때도 구실만 찾을 것이다.

문제는 이렇게 식물의 고통을 강조하는 사람 중에서 실제로 '식물권리'를 염려하는 식물보호주의자는 없다는 점이다. 그리고 식물의 고통을 진지하게 고려하는 사람이 있다 하더라도, 돼지의 목을 따는 것과 양파를 써는 것에 똑같이 반응하는 인간은 없다. 방 안에 있는 어린아이에게 사과와 토끼를 주면, 사과를 먹고 토끼와 놀지 그 반대로 하지는 않는다. 이 모든 것은 자연스러우며 상식적이다.

왜 이렇게 기초적인 이야기까지 해야 할까? 이렇게 말하는 사람들은 대개, 어떻게든 흠집을 잡거나 딴지를 걸고 싶은, 비건에 대한 근거 없는 거부감을 가지고 있기 때문이다. 만일 진심으로 식물의 고통을 배려하는 사람이 있다면, 그 사람이야말로 가장 서둘러 비건이 되어야 한다. 식물을 가장 적게 죽이고, 식물의 고통을 가장 최소화하는 방법이 바로 비건식이다. 주지하다시피 동물성 식품, 특히 육류는 엄청난 양의 식물 사료를 먹는 동물을 먹는 것이므로, 결과적으로 최대의 식물 희생을 치른다. 그러니 식물이 걱정되고 식물의 고통을 줄이고 싶으면 식물을 직접 먹기를.

**비건들이 말하는 동물의 고통은
인간 중심적이고 의인화된 거야**

고통은 물론 인간의 지각과 언어, 논리체계 그리고 과학을 기반으로 정의한다. 그것이 현존하는 가장 객

관적인 방법이다. 이조차 인간 중심적이라면 인간 중심적이라는 혐의를 벗어날 사고방식은 현존하지 않는다. 동물을 학대하는 쪽이 오히려 이러한 '인간 중심적인' 고통 체계에 가장 철저히 기대고 있다. 동물 실험이 좋은 예이다. 왜 식물 실험을 하지 않고, 동물 실험을 하는가? 인간-동물과 비인간-동물이 고통의 측면에서 근본적으로 같은 생물학적 기제를 갖고 있다는 전제 때문이다. 즉, 실험쥐나 개나 고양이나 토끼나 원숭이가 고통에 반응하는 원리가 인간에게도 적용되는 것이다. 물론 실험쥐와 우리의 고통이 동일한 감각인지는 아무도 모른다. 오히려 고통의 전후맥락을 이해하지 못하고 다가올 일을 예측하지 못하는 동물들이 인간보다 더 심한 고통을 느낀다는 시각도 있다.

풀어서 기르는 닭, 풀 먹인 소는 문제없다

광고만 보면 그럴싸하게 들린다. 그러나 과연 믿을 수 있을까? 풀어서 기른다는 게 우리가 상상하는 낭만적인 시골 농장에서 기른다는 게 아니다. 기껏해야 A4 종이 반 장만 한 닭장에서 기르지 않는다는 정도지, 햇볕도 들지 않는 집단 사육장은 별반 다를 게 없는 경우가 태반이다. 과대/허위 광고를 경계해야 한다. 앞서 언급한 영국 축산업의 실태를 고발한 다큐멘터리에 등장하는 끔찍한 축산 농가 중 여럿은 신뢰도가 높은 '영국왕립 동물학대 방지협회(RSPCA)'의 인증을 받은 곳들이었다. 곧이곧대로 믿지 않는 편이 현명하다. 어차피 우리가 식당이나 시장에서 구입하는 식품의 압도적인 다수는 공장식 축산을 통해 생산된다. 일일이 농장을 방문해 생산자를 꼼꼼하게 확인할 게 아니라면, 소비자의 마음만 안심시키는 상술인지, 실제로 동물에게 변화가 있는지 진실을 알 길은 사실상 없다.

경제적인 측면에서 냉정하게 봤을 때 동물복지는 추가 비용이다. 여기에 사업가가 아낌없이 투자할 가능성이 매우 낮은 건 상식이다. 동물보호론자들을 의식해서 겉으로 드러나는 일부분만 요식행위로 보여주고 실제 복지 지출은 최소화할 확률이 훨씬 높다. '동물복지인증', '풀어놓고 기른 닭' 같은 상술은 문제의 본질을 희석하고, 동물을 착취할 수 있는 제3의 선한 방법이 있다고 착각하게 만들기 때문에 어떤 면에서 더 위험하다. 나아가서 그러한 프리미엄 인증이 붙은 값비싼 식품을 사 먹을 수 있는 계층과 그럴 수 없는 계층 간의 위화감을 조성하고, 과거처럼 돈 있는 귀족만 고기와 달걀과 치즈를 먹던 봉건 시대로 퇴행하는 듯한 결과까지 가져올 수 있다.

가장 강조하고 싶은 점은, 동물에게 얼마나 대단한 복지를 챙겨줬든 간에 결국 최후는 똑같이 도살장행이라는 사실이다. 복지농장에서 자란 소도 공장식 축산 가축들이 향하는 도살장과 같은 곳에서 같은 방식으로 죽임을 당한다. 다시 한 번 묻고 싶다. 과연 우리에게 동물을 죽일 권리가 있을까? '인도적으로 죽이기'라는 말은 말이 될까? 키우던 강아지가 죽을 때가 되었다고 가족끼리 개의 머리를 잘라 죽이고 모여 앉아 삶아 먹지는 않는다(어쩌면 한국에서는 그럴지도 모르겠다…). 동물이 원하는 것이 뭘까? 약간 더 큰 우리에 갇히는 것, 햇볕 조금 쬐게 해주는 것, 좀 덜 아프고 좀 더 신속한 죽음일까? 아니면 그 동물의 특성에 맞는 자유로운 삶일까? 답은 자명하다. 다만 우리의 편의 때문에 인정하기 싫은 것뿐.

평소엔 그렇다 치고
축제나 경사 때 먹는 게 무슨 문제냐

고기가 정말로 귀해 동네에 경사가 있을 때 소 한 마리 잡아서 온 이웃이 나눠 먹던 시절처럼, 특별한 계기에만 먹는다면 그나마 이 지경이 되지는 않았을 것이다. 그러나 사람들이 그런 때만 먹는 것은 물론 아니다. 또, 축제와 경사가 이제는 일상이 되었다. 그만큼 고기와 축제 모두 귀하지 않다. 지역 축제만 해도 한 해에 1800개가 넘고, 하루가 다르게 누군가의 생일, 누군가의 결혼식이며, 무슨 이벤트고 무슨 기념일이다. 연중 축제나 경사나 특별한 날이 아닌 날이 없을 지경이다. 자, 오늘은 야근하느라 수고했으니 삼겹살에 소주, 오늘은 우리 막내가 학예회 발표를 했으니 갈비, 오늘은 초복이니 삼계탕… 죄다 먹자판으로 시작해서 '기승전먹'으로 끝나는 한국의 축제 문화에 대해선 말도 꺼내지 말자. 축하하는 자리야말로 가능한 한 고통의 흔적이 없을 때 더 빛난다고 생각한다. 기념하고 싶은 뜻깊은 자리가 누군가의 고통과 희생 위에 차려지지 않기를.

백 퍼센트 비건은 하기도 어렵고 어차피 세상도 완벽하게 비건이 되지 못할 텐데, 해서 뭐하나

비건의 목적은 백 퍼센트를 이루는 데 있지 않다. 지구와 동물들에게 끼치는 고통을 최소화하고 더 건강하고 윤리적인 삶을 살기 위해 최선을 다하는 데 있다. 예를 들어, 소방수가 불이 난 집 1층에서 아이를 발견하고 구하러 들어가려고 한다. 그때, 2층에 또 다른 사람이 있다는 사실을 알게 된다. 소방수는 일단 누구라도 구하러 뛰어들 것이다. 어차피 완벽할 수 없기 때문에(즉, 둘 다 구할 수 없으므로) 아무것도 안 하는 게 낫다는 말이 얼마나 한가한 얘기인지 보여주는 비유다.

다른 예도 들 수 있다. 내가 노예제 시절에 미국 남부의 백인 집안에서 태어났다고 치자. 나 혼자서 노예제를 철폐할 순 없지만, 나 하나라도 노예를 부리지 않을 수는 있다. 주변 사람들부터 감화를 시켜 노예 반대 담론을 만들어가고 조직을 꾸려갈 수도 있다. 이런 작은 행동들 없이 이루어진 사회 변화는 없었다. 우리 모두 '어차피'와 '그래봤자'보다 '최소한'과 '나 하나라도'가 많은 세상에서 살고 싶지 않은가?

무인도에 갇혀도 안 먹을 거냐

이런 종류의 질문은 유치한 수준을 넘어서 어찌 보면 폭력적이다. 실눈에 폭력이란 말을 쓸 수 있다면 말이다. "만약 무인도에 갇혀 먹을 게 없다면 가족의 인육을 먹을 거냐, 말 거냐?"라는 질문과 뭐가 다른가.

이런 말장난을 하느라 초점을 흐리고 시간을 낭비하면 안 된다. 현재 주어진 조건하에서 합리적이고 생산적인 대화를 하기에도 인생은 충분히 짧다.

히틀러도 채식주의자였다

일단 사실과 다르다. 히틀러가 가장 좋아한 요리는 소 간을 넣은 만두였다고 여러 증인들이 밝혔다. 그가 이미지 메이킹을 위해 채식하는 모습을 선전했을 수는 있다. 그리고 만약 사실이라고 해도 아무 상관이 없는 이야기이다. 히틀러뿐만 아니라 모든 독재자들은 아이들을 사랑하는 지도자의 이미지를 만들어 내려고 주력했다. 그들이 실제로 아이들을 사랑했을 수도 있다. 그렇지만 특정 독재자가 아이들을 사랑한 사실(이든 아니든 간에)이 아이를 사랑하는 사람들 전체를 폄하하는 용도로 쓰일 수 없는 것과 같이, 또한 대량 학살의 또 다른 주범인 스탈린이 육식주의자였다고 모든 육식주의자를 똑같이 평가할 수 없듯이, 이런 언급은 부당하며 흠집 내기 시도에 지나지 않는다. 놀랍게도 상당히 자주 등장하는 언급이다.

내가 아는 채식주의자는 건강이 안 좋고, 육식을 즐기는 지인은 건강하다

누구에게나 술, 담배와 고기를 즐기며 식생활이 엉망 진창인데도 누구보다도 건강해서 전설로 남은 삼촌이나 할머니가 한 명씩은 있는 것 같다. 내게도 매일 콜라를 한 병씩 마신 다음 이도 안 닦고 자도 치아가 멀쩡한 친구가 있었다. 그렇다고 우리가 그런 예외적인 사례를 본떠서 산다는 건 대단히 무모한 일이다.

이미 여러 번 언급했듯이 채식은 과학적, 영양학적으로 전혀 문제가 되지 않는다. 그러나 인간은 인구수만큼 다양한 체질이 있으므로 지구 전체에 예외가 한 명도 없다고 단정할 순 없다. 어떤 채식을 하느냐도 관건이다. 다만, 채식이 몸에 좋다는 것은 담배가 몸에 안 좋다는 명제처럼 압도적인 다수에게 해당되는, 임상과 연구를 통해 증명된 보편적인 팩트라는 말은 할 수 있다.

논리는 알겠는데 어쨌든 맛있어서 못 끊어

자신을 "동물의 생명보다 혀의 감각을 우위에 놓는 사람"이라고 생각하고 싶은 사람은 아무도 없을 것이다.

환경주의자도 육식을 즐길 수 있다

국제환경단체에서 일하는 직업 특성상 매년 한 번은 해외 출장 때문에 장거리 비행을 해야 한다. 나로 인한 엄청난 탄소 배출과 플라스틱 쓰레기를 생각하면, 비건이라도 해서 탄소 발자국을 줄이는 정도가 내가 할 수 있는 최소한의 배려라고 생각한다.

요즘은 동물보호단체나 환경단체에서 일하는 사람보다 일반인들이 더 실천력이 뛰어난 것 같다. 아이, 회사원, 주부 할 것 없이 나름의 원칙을 가지고 최선을 다하는 사람들을 적지 않게 만났다. 어느 예술가는 전시 초청이 많은데도 불구하고 탄소 배출을 하지 않기 위해 해외 전시를 거부한다. 어느 중학생은 학생 식당에 비건 메뉴를 도입하도록 학교를 상대로 시위를 벌이고, 어떤 기업가는 기업 차원에서 고기를 끊기도 한다. 이 일을 업으로 하지 않는 사람들도 이렇게 노력을 기울이는데, 환경운동가나 동물보호가를 자처하면서 비행기를 쉽게 타고, 전기를 함부로 쓰고, 비건적인 생활을 시도해보려는 노력조차 안 한다면, 정보에 어둡거나 자신이 뭘 하는지 잘 모르는 게 아닐까? 아니면 진심으로 변화를 믿지 않는 사람이거나.

나는 누구보다 열심히 재활용을 하고, 거의 채식을 실천하고, 동네를 좀처럼 떠나지 않는 이웃 아주머니를 안다. 그녀는 올해의 기록적인 더위에서도 끝내 에어컨을 틀지 않았다. 실외기로 남에게 더위를 전가하고 싶지 않아서란다. 환경에 대해 강의를 하러 다니거나 요란한 캠페인을 벌이는 환경주의자들은 이분께 겸허히 배워야 한다.

너 혼자 그런다고 안 바뀐다

최근 기후위기 대응 차원에서 비건을 실천하려는 사람들에게 이런 힘 빠지는 말을 하는 경우를 종종 듣는다. 특히, 소위 전문가라는 이들이 개인의 실천을 쉽게 폄하한다. 물론 개인의 실천에 그쳐서는 안 된다. 사회적 담론과 정치·정책적 변화로 이어져야 한다. 그러나 반대로 스스로의 일상적 실천 없이 관련 정책을 진정성 있게 지지하고 추진하는 것이 가능할까? 실제로 많은 이들이 비건적 삶을 살기 시작하면서 기후, 환경, 소수자 등의 사회문제에 더 적극적으로 관심을 가지고 개입하게 된다. 우리는 개인이냐 사회냐의 이분법에서 벗어나 이 둘을 연결시켜야 한다. 그래서 다시 한번, 비건의 핵심은 연결이다.

정보들

아래는 비건과 관련된 정보나 자료 중 내가 신뢰할 수 있다고 본 것들을 일부만 추렸다. 안타깝게도 아직은 영어로 된 것들이 대부분이지만, 한국어 콘텐츠도 점점 늘어나는 추세다. 유튜브에는 주옥같은 정보뿐만 아니라 엉터리도 많으니 옥석을 가려가면서 보도록 하자. 또, 본문에서는 분량 때문에 정보마다 일일이 각주를 달지 못했는데, 설명이 부족하다고 느끼거나 의문이 있는 독자는 아래 사이트를 통해 소통해주시길 바란다(facebook.com/actuallyvegan).

너무 무겁지 않게 슬쩍 비건을 권하고 싶을 때

-〈Cowspiracy(소 음모)〉(2014, 다큐): 축산업이 환경에 끼치는 영향을 흥미진진한 스토리로 풀어간다. 깔끔하고 이해하기 쉬운 그래픽이 일품이고, 끔찍한 장면이 없어서 비위가 약한 사람에게 처음 권하기 좋다.

-〈Let Us Be Heroes(우리가 영웅이 되도록)〉(2018, 다큐): 비건 운동선수들과 창업자들의 설득력 있는 메시지들을 소개하는 영상.

동물들에게 무슨 일이 일어나고 있는지
알고 싶다면

-〈Earthlings(지구 생명체)〉(2005, 다큐): 끝까지 눈뜨고 보기 힘들 만큼 처절하지만 인생에 한 번은 봐야 할 장면들이다. 동물권 커뮤니티에서 바이블과도 같은 작품으로, 오랜 비건인 호아킨 피닉스가 내레이션을 맡았다.

-〈Dominion(지배)〉(2018, 다큐):〈Earthlings〉의 최신 버전이라고 불리는데 최근 인터넷에 무료로 공개되어 큰 반향을 일으키고 있다. 호아킨 피닉스를 비롯한 여러 배우들이 내레이션을 들려준다.

동물/환경에 무관심하지만 자기 건강은
중요한 사람에게 비건을 권할 때

-〈What the health(몸을 죽이는 자본의 밥상)〉(2017, 다큐):〈Cowspiracy〉팀의 최신작으로 비건의 건강적 측면을 조명한다. 비슷한 내용이지만 좀 더 오래된 버전으로〈Forks over knives(포크스 오버 나이브스)〉(2011, 다큐)도 추천한다.

전문적인 건강 정보가 필요할 때

-베지닥터(vegedoctor.org, 웹사이트): 한국의 채식 의사들이 모여 우리 실정에 맞는 전문적인 정보를 제공한다.

-영양학팩트(NutrionFacts.org, 웹사이트): 필독을 권하고 싶은 아마존 베스트셀러 『의사들의 120세 건강 비결은 따로 있다』(2017)의 저자 마이클 그레거 박사가 일반인은 챙겨볼 수 없는 최신 연구 성과들을 종합해 우리의 궁금증과 걱정을 해소해준다.

일상에 유용한 비건 정보가 필요할 때

-채식한끼(앱): 국내에서

-HappyCow(앱): 해외에서

-『비건(Begun)』(begun.co.kr, 잡지)

나 혼자 하기 힘들어 커뮤니티가 필요할 때

-채식공감(cafe.naver.com/veggieclub, 커뮤니티): 정기 모임을 통해 다른 비건들을 만날 수 있는 커뮤니티.

-비건 페스티벌(facebook.com/vegankorea, 축제): 한국에서 비건이라는 말과 생각을 대중적으로 널리 알리는 데 가장 크게 기여한 삼인방이 매년 개최하는 축제.

-동물 해방 물결(donghaemul.com, 단체): 국내에서 거의 유일하게 종차별 철폐와 비거니즘을 전면에 표방하는 소신 있는 동물권 단체.

"내가 왜 이걸 시작했지?" 초심이 희미해질 때

-〈Land of Hope and Glory(희망과 영광의 땅)〉(2017, 다큐), 비건 배우 나탈리 포트만이 연출한〈Eating Animals(동물을 먹는다는 것)〉(2017, 다큐) 등 최근에도 관련 다큐들이 쏟아지고 있다. 가끔은 긴 다큐보다 짧고 강렬한 메세지를 담은 동영상이 더 도움이 되기도 한다. 예를 들어, PBN(Plant Based News)에서 제작한 〈ALL LIFE is Connected(모든 생명은 연결되어 있다)〉는 이 책의 주제인 연결감을 감각적으로 잘 표현하고 있어 언어를 몰라도 쉽게 이해할 수 있다. 유튜브에서 쉽게 검색할 수 있다.

아직 '고기＝단백질＝힘'이라는 신화에
젖어 있는 사람에게

-⟨The Game Changers(게임 체인저스)⟩(2018, 다큐): 115쪽 참고.

-위대한 비건 운동선수들(greatveganathletes. com, 웹사이트): 전 세계 비건 운동 선수들의 활약상을 소개하고, 매해 최고의 비건 스포츠 스타를 선정한다.

통렬한 비판이 필요할 때

-비건 활동가 게리 유로프스키(Gary Yourofsky)의 강연 ⟨Best Speech You Will Ever Hear(당신이들을 최고의 스피치)⟩(2010, 영상): 어쩌면 단일 강의로는 가장 많은 사람들을 비건의 세계로 이끌었을 명강연. 유튜브에서 4백만 회 이상 조회된 그의 조지아 공대 강연은 축산업에서 착취당하는 동물의 실태, 잔인한 도살 과정, 육식의 폐해에 대해 거침없이 폭로한다.

신뢰가 가는 지식인의 한마디가 필요할 때

-조지 몽비오(George Monbiot). 영국『가디언』지 최고의 칼럼니스트 중 한 명이자 명철한 환경주의자인 그는 비건의 장단점에 대해 면밀히 검토한 후 스스로 실천하게 되는데, 이 과정에서 남긴 기고글들은 생각을 정리하는 데 큰 도움이 된다. 그는 최근 노동당 의원 케리 매카시(Kerry McCarthy)와 함께 환경주의자들에게 정말로 지구를 생각한다면 비건이 되라고 공개 편지를 쓰기까지 했다. monbiot.com

-헨리 스피라(Henry Spira). 지금은 이 세상에 없지만, 내가 가장 모범적인 동물권 운동가라고 생각하는 사람. 그에겐 "내가 이런 일을 했다"라는 자의식보다 실제로 어떤 변화가 일어났느냐가 정말로 중요했다. 국내에는 피터 싱어가 헨리 스피라에 대해 쓴『모든 동물은 평등하다』(2013)가 번역되어 있다.

매일 업데이트되는 최신 비건 뉴스를 받아보고 싶을 때

-PBN(plantbasednews.org, 매체/채널): 비건 관련 뉴스를 전문적으로 다루는 영국 채널. 영국에서

비거니즘의 폭발적인 성장에 크게 기여했다. 영향력 있는 비건인 사우디의 칼레드 왕자가 재정적으로 지원하고 있는 매체이다.

동물권에 대해 체계적으로 머릿속을 정리하고 싶을 때 좋은 책

-『동물 해방』(2012), 『동물과 인간이 공존해야 하는 합당한 이유들』(2012), 피터 싱어

-『동물을 먹는다는 것에 대하여』(2011), 조너선 사프란 포어

-『우리는 왜 개는 사랑하고 돼지는 먹고 소는 신을까』(2011), 멜라니 조이

-『고기로 태어나서』(2018), 한승태

-『존 로빈스의 음식혁명』(2011), 존 로빈스

참고 도서

이 책에 나오는 건강 및 의학에 관한 정보는 아래 책들에 많이 의존했음을 밝힌다.

-『어느 채식의사의 고백』(2011), 존 맥두걸

-『우리 몸은 채식을 원한다』(2006), 이광조

-『바른 식생활이 나를 바꾼다』(2002),『밥상을 다시 차리자』(2014), 김수현
  -『의사들의 120세 건강 비결은 따로 있다』1, 2 (2017), 마이클 그레거

에필로그

저는 지금 일주일간 휴가를 내고 북한산 자락의 부모님 댁으로 피서를 와 있습니다. 여기서 더위를 식히면서 차분히 책을 마무리할 심산이었죠. 그런데 이곳도 덥기는 마찬가지군요. 게다가 모기까지 가세했습니다. 평소에는 없다던 모기가 어디선가 나타나 저만 노리는 바람에 며칠간 밤잠을 이루지 못하자, 부모님께서는 이 책이 나오는 걸 방해하려고 축산업계에서 보낸 '청부 모기'라고 하십니다.

많은 비건들이 가족들과 갈등을 겪는 데 비하면 전 운이 좋은 편입니다. 물론 이미 '출가'한 지 오래라 가족과 자주 만날 일이 없기도 하지만요. 출가라는 말을 하고 보니 제가 몇 년간의 외국 생활을 마치고 부모님 댁에 돌아왔을 때 어머니께 한 말이 기억납니다. "아들이 중이 됐다고 생각하시면 돼요." 어머니에게는 더 이상의 설명이 필요 없었습니다. 언제나처럼 제 가는 길을 전폭적으로 지원해주셨죠. 원래도 거의 채식을 하셨지만 요즘 들어 더 비건적인 생활을 추구하게 되셨구요. 제 누님도 가족 누군가의 생일이 되면 제가 먹을 수 있도록 비건 케이크를 챙겨주시고, 평소엔 요리도 잘 안 하는 동생도 형을 생각해서 가끔 야채볶음밥도 해줍니다. 불교계에 오래 몸담으셨던 아버지는 일흔이 넘는 나이에 (비단 저 때문이 아니라) 공장식 축산과 살처분 문제를 불자들이 앞장서서 해결하자는 운동을 전개하고 계십니다. 이렇게 나에 대한 배려를 넘어, 내게 영감까지 주는 가족의 일원인 것은 큰 행운이 아닐 수 없습니다.

얼마 전에, 성실한 재활용 실천자인 어머니께서 충격에 휩싸였습니다. 뉴스에 플라스틱 재활용 문제가 연일 보도되면서 실제 재활용 비율이 수거량의 10퍼센트도 채 안 된다는 사실이 드러났거든요. 어머니는 배신감에 망연자실하셨습니다. 그토록 열심히 분리했건만…! 이쯤 되면 거의 국가적인 사기 수준이라, 뭐라 위로할 말도 없었습니다. 그런데 절망도 잠시, 얼마 후 부모님 댁을 다시 방문했더니 어머니가 플라스틱 용기에 붙은 스티커를 열심히 벗기고 계신게 아닙니까? 이렇게 하지 않으면 재활용이 안 된다, 드디어 쉽게 스티커를 떼는 요령을 알아냈다, 나라도 안 하면 누가 하겠느냐고 하시면서요. 참 부끄러웠습니다. 환경 문제에 제법 신경을 쓴다고 자부했던 나도 그 뉴스를 접하고선 '이제 재활용은 대충 해야겠어. 어차피 노력해 봤자 제도가 안 바뀌면 헛수고니까'라고 자포자기하고 있었거든요.

어떤 사람들에게는 잠시의 낙담은 있을지언정,

포기를 모르는 에너지가 샘솟는 모양입니다. '안 변해'교의 신도가 되길 거부해서 생기는 힘일까요? 아무튼 제게 힘이 되는 가족입니다. 그런데 곰곰이 생각해보니 제가 이 책까지 쓰게 된 데에는 모든 가족 구성원 중에서도 우리 집 강아지 '난희'의 영향이 가장 컸습니다.

악독한 사료회사의 사료 때문에 어릴 때부터 신장병에 걸렸으나, 낙천적인 성격으로 집안의 가장 어두운 계절에도 반짝이는 요정 같았던 난희. 말년에 접어들수록 병마와의 싸움이 치열해지고 고통도 심해졌을 텐데 그 연약하고 작은 몸을 이끌고 마지막 순간까지 의젓한 모습을 보여준 그녀의 생애를 지켜본 저에게, 동물에게 영혼이 있는가는 더 이상 논쟁거리도 아니었습니다.

동물과 가까이 생활해본 사람이라면 누구나 깨닫게 됩니다. 그들의 살고자 하는 의지, 고통과 감정에 대한 지각, 그리고 자식을 향한 애착이 결코 인간에 뒤지지 않음을 말이죠. 평범한 진리지만 내가 직접이름을 붙여주고 돌보며 사랑의 시선으로 성장 과정을 지켜본 존재를 통해 그 깨달음이 한층 더 깊고 단단히 머리와 가슴에 뿌리내렸나 봅니다. 모든 의미 있는 죽음은 남겨진 자들에게 행동의 변화를 일으킨다죠. 난희의 죽음 이후 저도 세상 보는 눈이 달라졌습니다. 스톨 속에 갇힌 돼지, 그물에 걸린 황새치, 오로지 죽기 위해 태어난 소년 병아리 모두… 우리 난희였습니다. 그들 모두 사랑받아 마땅한 생명들이라는, 아무도 함부로 해칠 권리가 없다는 사실을 인정하는 게조금도 어렵지 않았습니다. 그리고 이로 인해 찾아온삶의 변화를 받아들이는 일도 너무나 자연스러웠죠.

저처럼 개를 통해 동물의 세계에 입문하는 경우는 매우 흔합니다. 영장류학자인 저의 형은 영장류가 인간과 동물 세계를 이어주는 "동물 왕국의 대사(大使)" 같은 존재라고 했는데, 개도 마찬가지 같습니다. 개에게 감정을 이입하면 다른 동물에게도 쉽게마음이 열리기에 동물보호운동은 대부분 개(또는 고양이)에서 시작하죠. 그런데 안타깝게도 한국이나 중국에서는 이 보편적인 방식이 통하질 않습니다. 개고기라는 암초에 부딪히기 때문입니다. 첫발을 딛고 올라서야 할 디딤돌을 먹어치우는 셈이니, 우리의 동물권 운동은 진전을 못하고 제자리를 맴돌 수밖에 없습니다. 수만 년 동안 우리를 신뢰해온 가장 가깝고 충직한 동물마저 잡아먹을 수 있다는 것, 가난했던 시절은 생존을 위해 그랬다 치더라도 그럴 필요가 없어진 현재까지 기호식품으로 먹는다는 것, 그리고 똑같은 개를 오로지 인간 편의에 의해 식용과 애완용으로 구분해놓고도 마음이 불편하지 않을 수 있다는 것…. 그 함의는 생각보다 심각합니다. 단순한 문화상대주의로 정리할 문제가 아닙니다.

아직 갈 길은 너무도 멀고 역사가 진보하기는커녕 자주 퇴보하는 듯 느껴지기도 하지만, 이런 문제의식에 공감하는 사람들 역시 조금씩 늘고 있는 것도 사실입니다. 세상이 어둡게 느껴질수록 이따금 빛나는 한줄기 희망을 놓치는 일이 일어나서는 안 됩니다.

저는 강아지 한 마리에게서 그 교훈을 배웠습니다. 이느 동물구호단체가 중국의 개고기 시장에서 산채로 가죽이 벗겨져 끓는 물에 던져지기 직전에 구출한 강아지였죠. 출혈이 심한 이 작은 아이를 한 활동가가 자동차 운전석 옆에 태우고 서둘러서 가까운 동물병원으로 달려갔습니다. 죽다 살아난 강아지는 피투성이가 된 채로 자리에 가만히 앉아서 눈만 껌벅이며 괴로운 표정을 지었지만, 그 얼굴에서 분노는 읽히지 않았습니다. 그저 자신에게 왜 이토록 큰 고통이 가해지는지 도저히 납득하지 못하는 표정이었습니다.

자기를 죽이려고 했던 인간이나 구하려고 하는 인간이나 둘 다 인간인데 그쯤 되면 인간은 다 물어 죽이고 싶지 않았을까요? 저는 그 개가 머리가 나빠서, 혹은 단지 저항할 힘이 없어서 그렇게 가만히 있었다고 생각하지 않습니다. 그 개가 구별할 줄 알았다고 저는 생각합니다. 이런 사례는 놀랄 만큼 많이 보고됩니다(포경꾼에게 작살을 맞은 상태에서 자신을 구하려고 접근한 인간을 해치지 않은 고래, 자신을 구해준 어부에게 자꾸 찾아오는 상어 등…).

그 강아지는 결국 과출혈로 죽었지만, 악의 구렁텅이에 떨어져도 선에 집중하던 그 태도에서 정말 많이 배웠습니다. 아름다운 한 영혼의 죽음을, 내가 할 수 있는 만큼 깊이 애도합니다. 하루에도 수억 마리씩, 인간의 단순한 취향과 미각 때문에 무고하게 희생당하는 모든 비인간-동물들의 죽음도요….

미안한 마음과 동시에 고마운 얼굴들도 떠오릅니다. 이번에는 인간-동물들의 얼굴입니다. 비건이 되기로 처음 결심했을 때 두말없이 같이 시작해준 나의 옛 연인. 모피 패션이 한국에 유행하는 걸 보는 게 너무도 괴롭다는 내 이야기를 듣자마자 그 자리에서 자신의 잠바 후드에 달린 모피를 뜯어버린 나의 가장 아끼는 친구(그녀는 '안 변해교'에 대해 알려준 친구이기도 하죠). 종종 귀찮았을 텐데도 식당을 찾을 때면 언제나 내 선택지를 배려해준 나의 직장 동료와 포르투갈의 속 깊은 친구들. 그리고 내가 '돌고래 살리기 캠페인'에 참여하러 태평양 연안 바다에서 선상 생활을 할 때 응원의 의미로 비건 운동에 동참해준 어머니 그리고 형 부부. 마지막으로, 한결같은 마음으로 이 책의 여정을 함께했고 앞으로도 함께할 편집자 두 분. 이 작은 책이 누군가에게 어떤 변화의 출발점일 수 있다면, 이들에게 공을 돌리고 싶습니다.

나를 만든 세계, 내가 만든 세계
'아무튼'은 나에게 기쁨이자 즐거움이 되는,
생각만 해도 좋은 한 가지를 담은 에세이 시리즈입니다.
위고, **제철소**, **코난북스**, 세 출판사가 함께 펴냅니다.

아무튼, 비건

초판 1쇄 2018년 11월 25일
초판 14쇄 2023년 5월 10일

지은이 김한민
펴낸이 이재현, 조소정
편집 조형희, 문벼리
디자인 일구공 스튜디오
제작 세걸음

펴낸곳 위고
등록 2012년 10월 29일 제406-2012-000115호
주소 경기도 파주시 회동길 290 206-제5호
전화 031-946-9276
팩스 031-946-9277

hugo@hugobooks.co.kr
hugobooks.co.kr

©김한민, 2018

ISBN 979-11-86602-44-7 02810